[A CONSTRUÇÃO]

KAFKA

ubu

[A CONSTRUÇÃO]

KAFKA

ubu

Implantei a construção e ela parece bem-sucedida. De fora, só se vê um grande buraco, mas na realidade ele não leva a lugar algum, depois de poucos passos já se depara com uma sólida rocha natural; não quero me gabar de ter realizado essa artimanha intencionalmente, esse era antes o resquício de uma das muitas tentativas malogradas de construção, mas no fim pareceu-me vantajoso manter esse único buraco descoberto. É claro que certas artimanhas são tão refinadas que acabam anulando a si próprias, sei disso melhor do que ninguém e sem dúvida é arriscado, por meio desse buraco, chamar a atenção para a possibilidade de haver aqui alguma coisa digna de investigação. Mas me julga mal quem pensa que sou covarde e só crio minha construção por covardia. A uma distância de cerca de mil passos desse buraco, coberta por uma camada removível de musgo, fica a verdadeira entrada da construção; não há nada no mundo que possa ser tão seguro quanto ela, claro que alguém pode pisar no musgo ou rompê-lo, deixando exposta minha construção, e quem tiver vontade – ainda que, é importante ressaltar, para isso sejam exigidas certas habilidades não muito triviais – pode se infiltrar e destruir tudo para sempre. Disso eu já sei, e mesmo agora, no seu auge, minha vida mal chega

Implantei a construção e ela parece bem-sucedida. De fora, só se vê um grande buraco, mas na realidade ele não leva a lugar algum, depois de poucos passos já se depara com uma sólida rocha natural; não quero me gabar de ter realizado essa artimanha intencionalmente, esse era antes o resquício de uma das muitas tentativas malogradas de construção, mas no fim pareceu-me vantajoso manter esse único buraco descoberto. É claro que certas artimanhas são tão refinadas que acabam anulando a si próprias, sei disso melhor do que ninguém e sem dúvida é arriscado, por meio desse buraco, chamar a atenção para a possibilidade de haver aqui alguma coisa digna de investigação. Mas me julga mal quem pensa que sou covarde e só crio minha construção por covardia. A uma distância de cerca de mil passos desse buraco, coberta por uma camada removível de musgo, fica a verdadeira entrada da construção; não há nada no mundo que possa ser tão seguro quanto ela, claro que alguém pode pisar no musgo ou rompê-lo, deixando exposta minha construção, e quem tiver vontade – ainda que, é importante ressaltar, para isso sejam exigidas certas habilidades não muito triviais – pode se infiltrar e destruir tudo para sempre. Disso eu já sei, e mesmo agora, no seu auge, minha vida mal chega a ter uma hora de completa tranquilidade; ali naquele ponto do musgo escuro sou mortal e nos meus sonhos muitas vezes um focinho lascivo fareja ao redor sem cessar. Alguém dirá que eu também poderia ter tapado esse verdadeiro buraco de entrada, em cima com uma fina camada de terra firme, mais embaixo com terra solta, de modo que só me custaria um pouco de esforço a cada vez para recriar a saída. Mas isso não é possível, a própria prudência exige que eu tenha uma possibilidade de saída imediata, a própria prudência exige, infelizmente com muita frequência, o risco da vida; são todos cálculos bastante exaustivos, e o prazer que a cabeça tem com a própria sagacidade é, por vezes, a única razão para seguir calculando. Preciso ter a possibilidade de saída imediata, afinal, apesar de toda a vigilância, não posso ser atacado por um flanco totalmente inesperado? Moro em paz no íntimo da minha construção e entretanto o inimigo, a partir de algum lugar qualquer, vai perfurando lenta e silenciosamente em minha direção, não quero dizer que ele tenha um faro melhor do que o meu, talvez saiba tão pouco de mim quanto eu dele, mas há assaltantes apaixonados, que revolvem a terra cegamente e, mesmo com a extensão desmedida da minha construção, nutrem a esperança de deparar a ter uma hora de completa tranquilidade; ali naquele ponto do musgo escuro sou mortal e nos meus sonhos muitas vezes um focinho lascivo fareja ao redor sem cessar. Alguém dirá que eu também poderia ter tapado esse verdadeiro buraco de entrada, em cima com uma fina camada de terra firme, mais embaixo com terra solta, de modo que só me custaria um pouco de esforço a cada vez para recriar a saída. Mas isso não é possível, a própria prudência exige que eu tenha uma possibilidade de saída imediata, a própria prudência exige, infelizmente com muita frequência, o risco da vida; são todos cálculos bastante exaustivos, e o prazer que a cabeça tem com a própria sagacidade é, por vezes, a única razão para seguir calculando. Preciso ter a possibilidade de saída imediata, afinal, apesar de toda a vigilância, não posso ser atacado por um flanco totalmente inesperado? Moro em paz no íntimo da minha construção e entretanto o inimigo, a partir de algum lugar qualquer, vai perfurando lenta e silenciosamente em minha direção, não quero dizer que ele tenha um faro melhor do que o meu, talvez saiba tão pouco de mim quanto eu dele, mas há assaltantes apaixonados, que revolvem a terra cegamente e, mesmo com a extensão desmedida da minha construção, nutrem a esperança de deparar circunstância, antes me arruína, mas continua sendo uma esperança e não posso viver sem ela.

Além desse caminho largo, caminhos bastante estreitos e relativamente livres de perigo, criados pelos ratos-do-campo, também me ligam ao mundo exterior, proporcionando-me um bom ar para respirar; já entendi como integrá-los de modo adequado a minha construção, eles também me oferecem a possibilidade de farejar à distância e assim me protegem, também é por meio deles que chega até mim toda espécie de pequenas criaturas que eu devoro, de modo que consigo obter uma quantidade de caça miúda suficiente para uma modesta subsistência, isso sem de modo algum deixar minha construção, o que é naturalmente muito valioso.

Mas a melhor coisa da minha construção é seu silêncio; claro que ele é ilusório, de repente pode ser rompido e tudo acaba, mas por ora ainda está aí, posso me esgueirar pelos meus corredores durante horas sem ouvir nada além do farfalhar ocasional de algum animalzinho qualquer, que no mesmo instante faço descansar entre meus dentes, ou o deslizar da terra, que me revela a necessidade de algum reparo; no mais ela é silenciosa. O ar do bosque entra, ao mesmo circunstância, antes me arruína, mas continua sendo uma esperança e não posso viver sem ela.

Além desse caminho largo, caminhos bastante estreitos e relativamente livres de perigo, criados pelos ratos-do-campo, também me ligam ao mundo exterior, proporcionando-me um bom ar para respirar; já entendi como integrá-los de modo adequado a minha construção, eles também me oferecem a possibilidade de farejar à distância e assim me protegem, também é por meio deles que chega até mim toda espécie de pequenas criaturas que eu devoro, de modo que consigo obter uma quantidade de caça miúda suficiente para uma modesta subsistência, isso sem de modo algum deixar minha construção, o que é naturalmente muito valioso.

Mas a melhor coisa da minha construção é seu silêncio; claro que ele é ilusório, de repente pode ser rompido e tudo acaba, mas por ora ainda está aí, posso me esgueirar pelos meus corredores durante horas sem ouvir nada além do farfalhar ocasional de algum animalzinho qualquer, que no mesmo instante faço descansar entre meus dentes, ou o deslizar da terra, que me revela a necessidade de algum reparo; no mais ela é silenciosa. O ar do bosque entra, ao mesmo tempo quente e fresco, às vezes me espreguiço e rolo por todo o corredor, de tanta satisfação. É bom ter uma construção dessas para a velhice que se aproxima, ter conseguido se acomodar sob um teto quando o outono começa.

A cada cem metros mais ou menos, alarguei os corredores para que se tornassem pequenas praças circulares, ali consigo me aninhar numa posição bem confortável, me aquecer com o calor do meu próprio corpo e descansar. Ali durmo o doce sono da paz, do anseio aplacado, do objetivo atingido, da casa própria. Não sei se é um hábito dos velhos tempos ou se os perigos dessa casa são severos o bastante para me despertar, mas regularmente, de tempos em tempos, eu me assusto, acordo de um sono profundo e escuto, escuto no silêncio que aqui reina imutável dia e noite, sorrio tranquilizado e afundo com os membros relaxados num sono ainda mais profundo. Pobres andarilhos, sem casa, em estradas rurais, em bosques, no melhor dos casos encolhidos num monte de folhas ou entre um bando de companheiros, à mercê de toda a desgraça do céu e da terra. Estou aqui numa praça protegida por todos os lados – há mais de cinquenta desse tipo em minha construção – e as horas tempo quente e fresco, às vezes me espreguiço e rolo por todo o corredor, de tanta satisfação. É bom ter uma construção dessas para a velhice que se aproxima, ter conseguido se acomodar sob um teto quando o outono começa.

A cada cem metros mais ou menos, alarguei os corredores para que se tornassem pequenas praças circulares, ali consigo me aninhar numa posição bem confortável, me aquecer com o calor do meu próprio corpo e descansar. Ali durmo o doce sono da paz, do anseio aplacado, do objetivo atingido, da casa própria. Não sei se é um hábito dos velhos tempos ou se os perigos dessa casa são severos o bastante para me despertar, mas regularmente, de tempos em tempos, eu me assusto, acordo de um sono profundo e escuto, escuto no silêncio que aqui reina imutável dia e noite, sorrio tranquilizado e afundo com os membros relaxados num sono ainda mais profundo. Pobres andarilhos, sem casa, em estradas rurais, em bosques, no melhor dos casos encolhidos num monte de folhas ou entre um bando de companheiros, à mercê de toda a desgraça do céu e da terra. Estou aqui numa praça protegida por todos os lados – há mais de cinquenta desse tipo em minha construção – e as horas transcorrem para mim entre a letargia e o sono inconsciente, o que decido a bel-prazer.

Não bem no centro da construção, fica a praça principal, deliberada para o caso de perigo extremo, não só uma perseguição, mas um cerco. Enquanto todo o resto talvez seja antes um trabalho intenso da cabeça do que do corpo, essa praça do castelo é resultado do mais árduo trabalho do meu corpo em todas as suas partes. Por vezes, no desespero da exaustão física, eu queria largar tudo; eu rolava sobre as costas e praguejava a construção, me arrastava para fora e deixava a construção ficar lá, aberta, e podia fazê-lo, já que não queria mais voltar para ela, até que então, depois de horas ou dias voltava arrependido, e quase entoava um canto que falasse sobre a inviolabilidade da construção, e então recomeçava o trabalho com franca alegria. O trabalho na praça do castelo foi se dificultando sem necessidade, sem necessidade porque a construção não se beneficiou propriamente do trabalho adicional, visto que bem no lugar que estava planejado para a praça, a terra era muito mais solta e arenosa, e a terra teve de ser bastante socada nesse ponto para formar a grande praça, maravilhosamente abobadada e arredondada. Para tal trabalho, no transcorrem para mim entre a letargia e o sono inconsciente, o que decido a bel-prazer.

Não bem no centro da construção, fica a praça principal, deliberada para o caso de perigo extremo, não só uma perseguição, mas um cerco. Enquanto todo o resto talvez seja antes um trabalho intenso da cabeça do que do corpo, essa praça do castelo é resultado do mais árduo trabalho do meu corpo em todas as suas partes. Por vezes, no desespero da exaustão física, eu queria largar tudo; eu rolava sobre as costas e praguejava a construção, me arrastava para fora e deixava a construção ficar lá, aberta, e podia fazê-lo, já que não queria mais voltar para ela, até que então, depois de horas ou dias voltava arrependido, e quase entoava um canto que falasse sobre a inviolabilidade da construção, e então recomeçava o trabalho com franca alegria. O trabalho na praça do castelo foi se dificultando sem necessidade, sem necessidade porque a construção não se beneficiou propriamente do trabalho adicional, visto que bem no lugar que estava planejado para a praça, a terra era muito mais solta e arenosa, e a terra teve de ser bastante socada nesse ponto para formar a grande praça, maravilhosamente abobadada e arredondada. Para tal trabalho, no entanto, disponho apenas da testa. Assim, me lancei milhares e milhares de vezes, ao longo de dias e noites, com a testa contra a terra, e ficava feliz de ver o sangue jorrar ao me bater contra ela, pois era a prova de que o muro começava a se consolidar, e dessa forma, como talvez reconheçam, conquistei minha praça do castelo.

Nessa praça do castelo reúno minhas provisões; tudo o que capturo dentro da construção que vai além de minhas necessidades momentâneas e tudo o que trago das minhas caçadas fora de casa acumulo aqui. A praça é tão grande que nem provisões para meio ano dão conta de preenchê-la. Assim, posso espalhá-las, passear entre elas, brincar com elas, ficar contente com sua abundância e com os diferentes odores e sempre ter um panorama preciso do que está disponível. Também consigo sempre propor rearranjos e fazer os cálculos e planos de caça necessários conforme a estação do ano. Há épocas em que estou tão bem abastecido que, por indiferença à comida em geral, sequer toco nas pequenas coisas que deslizam por aqui, o que no entanto talvez seja imprudente por outros motivos. O envolvimento constante em medidas de defesa implica que minhas perspectivas quanto ao aproveitamento entanto, disponho apenas da testa. Assim, me lancei milhares e milhares de vezes, ao longo de dias e noites, com a testa contra a terra, e ficava feliz de ver o sangue jorrar ao me bater contra ela, pois era a prova de que o muro começava a se consolidar, e dessa forma, como talvez reconheçam, conquistei minha praça do castelo.

Nessa praça do castelo reúno minhas provisões; tudo o que capturo dentro da construção que vai além de minhas necessidades momentâneas e tudo o que trago das minhas caçadas fora de casa acumulo aqui. A praça é tão grande que nem provisões para meio ano dão conta de preenchê-la. Assim, posso espalhá-las, passear entre elas, brincar com elas, ficar contente com sua abundância e com os diferentes odores e sempre ter um panorama preciso do que está disponível. Também consigo sempre propor rearranjos e fazer os cálculos e planos de caça necessários conforme a estação do ano. Há épocas em que estou tão bem abastecido que, por indiferença à comida em geral, sequer toco nas pequenas coisas que deslizam por aqui, o que no entanto talvez seja imprudente por outros motivos. O envolvimento constante em medidas de defesa implica que minhas perspectivas quanto ao aproveitamento da construção para tais fins mudem ou se desenvolvam, ainda que em pequena escala. Então às vezes me parece perigoso basear toda a defesa na praça do castelo, a diversidade da construção também me dá as mais diversas possibilidades, e me parece mais prudente repartir um pouco as provisões e também abastecer algumas pequenas praças com elas, assim estabeleço que cerca de um terço das praças serão espaços para armazenamento das provisões, ou um quarto das praças serão espaços de armazenamento principais e metade serão espaços de armazenamento secundários, e assim por diante. Ou libero por completo alguns caminhos da função de armazenar provisões, para despistar, ou elejo erraticamente apenas algumas poucas praças, dependendo de sua posição em relação à saída principal. Cada um desses novos planos exige, no entanto, um trabalho pesado de transporte de cargas, preciso fazer novos cálculos e depois arrastar as cargas para lá e para cá. É claro que posso fazer isso com tranquilidade, sem me apressar demais, e não é assim tão mau carregar as coisas boas na boca, descansar onde quiser e beliscar justo aquilo que me apetece. O pior é se, como às vezes me acontece, em geral quando acordo num sobressalto, tenho a impressão de que da construção para tais fins mudem ou se desenvolvam, ainda que em pequena escala. Então às vezes me parece perigoso basear toda a defesa na praça do castelo, a diversidade da construção também me dá as mais diversas possibilidades, e me parece mais prudente repartir um pouco as provisões e também abastecer algumas pequenas praças com elas, assim estabeleço que cerca de um terço das praças serão espaços para armazenamento das provisões, ou um quarto das praças serão espaços de armazenamento principais e metade serão espaços de armazenamento secundários, e assim por diante. Ou libero por completo alguns caminhos da função de armazenar provisões, para despistar, ou elejo erraticamente apenas algumas poucas praças, dependendo de sua posição em relação à saída principal. Cada um desses novos planos exige, no entanto, um trabalho pesado de transporte de cargas, preciso fazer novos cálculos e depois arrastar as cargas para lá e para cá. É claro que posso fazer isso com tranquilidade, sem me apressar demais, e não é assim tão mau carregar as coisas boas na boca, descansar onde quiser e beliscar justo aquilo que me apetece. O pior é se, como às vezes me acontece, em geral quando acordo num sobressalto, tenho a impressão de que a divisão atual é completamente falha, pode levar a perigos extremos e precisa ser corrigida de imediato, com urgência, independente de qualquer sonolência ou cansaço; aí eu me apresso, aí eu voo, aí não tenho tempo para cálculos, porque na hora quero levar a cabo um novo plano muito preciso, então agarro de modo arbitrário o que quer que venha parar entre meus dentes, arrasto, carrego, suspiro, gemo, tropeço, e mesmo a menor mudança na situação presente, que me parece extremamente perigosa, já me basta. Até que, pouco a pouco, com o despertar completo, vem a sobriedade; eu mal entendo a afobação, inspiro profundamente a paz de meu lar, que eu mesmo perturbei, volto para meu lugar de dormir, adormeço de imediato num cansaço renovado e, ao despertar, ainda tenho, como prova irrefutável de um trabalho noturno que já parece quase matéria de sonho, uma ratazana, por exemplo, pendurada nos dentes. Então de novo vêm os momentos em que reunir todas as provisões em uma só praça me parece a melhor opção. De que me poderiam servir os estoques nas pequenas praças, pois, afinal, quanto é que dá para acomodar lá dentro e, fora isso, o que quer que se leve para lá obstrui o caminho e talvez um dia acabe me atrapalhando na defesa, na a divisão atual é completamente falha, pode levar a perigos extremos e precisa ser corrigida de imediato, com urgência, independente de qualquer sonolência ou cansaço; aí eu me apresso, aí eu voo, aí não tenho tempo para cálculos, porque na hora quero levar a cabo um novo plano muito preciso, então agarro de modo arbitrário o que quer que venha parar entre meus dentes, arrasto, carrego, suspiro, gemo, tropeço, e mesmo a menor mudança na situação presente, que me parece extremamente perigosa, já me basta. Até que, pouco a pouco, com o despertar completo, vem a sobriedade; eu mal entendo a afobação, inspiro profundamente a paz de meu lar, que eu mesmo perturbei, volto para meu lugar de dormir, adormeço de imediato num cansaço renovado e, ao despertar, ainda tenho, como prova irrefutável de um trabalho noturno que já parece quase matéria de sonho, uma ratazana, por exemplo, pendurada nos dentes. Então de novo vêm os momentos em que reunir todas as provisões em uma só praça me parece a melhor opção. De que me poderiam servir os estoques nas pequenas praças, pois, afinal, quanto é que dá para acomodar lá dentro e, fora isso, o que quer que se leve para lá obstrui o caminho e talvez um dia acabe me atrapalhando na defesa, na corrida. No mais, é de fato besta, mas verdade que a autoconfiança sofre quando não é possível ver todas as provisões juntas nem saber num só lance de olhos o que se possui. Será que com essas várias divisões muita coisa não pode acabar se perdendo? Não posso ficar o tempo todo galopando pelos meus corredores oblíquos e encruzilhados para ver se está tudo em ordem. O princípio de distribuir as provisões até está correto, mas na verdade ele só se aplica quando se dispõe de várias praças como a minha do castelo. Várias praças como essa? Claro! Mas quem é capaz de tal proeza? Além disso, a essa altura elas já não podem ser acomodadas no plano geral da minha construção. Mas admito que há nesse ponto uma falha na construção, como sempre há uma falha quando só se tem um exemplar de qualquer coisa. E também admito que, durante todo o processo de construção, a consciência de que eram necessárias várias praças do castelo estava viva em mim – de modo nebuloso, mas nítido o bastante se eu tivesse tido boa vontade –; não cedi a ela, sentia-me fraco demais para o trabalho monstruoso, na verdade me sentia fraco demais para reconhecer o imperativo daquele trabalho, de algum modo eu me consolava com sentimentos não menos obscuros, segundo os quais aquilo que em corrida. No mais, é de fato besta, mas verdade que a autoconfiança sofre quando não é possível ver todas as provisões juntas nem saber num só lance de olhos o que se possui. Será que com essas várias divisões muita coisa não pode acabar se perdendo? Não posso ficar o tempo todo galopando pelos meus corredores oblíquos e encruzilhados para ver se está tudo em ordem. O princípio de distribuir as provisões até está correto, mas na verdade ele só se aplica quando se dispõe de várias praças como a minha do castelo. Várias praças como essa? Claro! Mas quem é capaz de tal proeza? Além disso, a essa altura elas já não podem ser acomodadas no plano geral da minha construção. Mas admito que há nesse ponto uma falha na construção, como sempre há uma falha quando só se tem um exemplar de qualquer coisa. E também admito que, durante todo o processo de construção, a consciência de que eram necessárias várias praças do castelo estava viva em mim – de modo nebuloso, mas nítido o bastante se eu tivesse tido boa vontade –; não cedi a ela, sentia-me fraco demais para o trabalho monstruoso, na verdade me sentia fraco demais para reconhecer o imperativo daquele trabalho, de algum modo eu me consolava com sentimentos não menos obscuros, segundo os quais aquilo que em outras situações não bastaria, no meu caso, uma vez, excepcionalmente, por misericórdia, bastaria – porque, ao que tudo indica, para a Providência cairia muito bem preservar minha testa, o martelo esmagador. Agora só tenho uma praça do castelo, mas sumiram os sentimentos sombrios de que um dia essa única terá de bastar. Seja como for, tenho de me contentar só com ela, as pequenas praças não serão capazes de substituí-la, e assim, quando essa ideia amadurecer em mim, começo a arrastar tudo de volta das pequenas praças para a praça do castelo. Por algum tempo, então, sinto um grande conforto por ter todas as praças e todos os corredores livres, ver como as massas de carne se acumulam na praça do castelo e, além disso, exalam para os corredores mais externos a mistura de vários odores que, cada um a sua maneira, me encantam, e que consigo distinguir à distância com precisão.

Aí costumam vir tempos especialmente pacíficos, em que devagar, aos poucos, transfiro meus lugares de dormir dos círculos externos para o interior, mergulhando cada vez mais fundo nos odores; até que não aguento mais e chega uma noite em que desenfreio para a praça do castelo, faço uma tremenda limpa nas provisões e me empanturro com o que outras situações não bastaria, no meu caso, uma vez, excepcionalmente, por misericórdia, bastaria – porque, ao que tudo indica, para a Providência cairia muito bem preservar minha testa, o martelo esmagador. Agora só tenho uma praça do castelo, mas sumiram os sentimentos sombrios de que um dia essa única terá de bastar. Seja como for, tenho de me contentar só com ela, as pequenas praças não serão capazes de substituí-la, e assim, quando essa ideia amadurecer em mim, começo a arrastar tudo de volta das pequenas praças para a praça do castelo. Por algum tempo, então, sinto um grande conforto por ter todas as praças e todos os corredores livres, ver como as massas de carne se acumulam na praça do castelo e, além disso, exalam para os corredores mais externos a mistura de vários odores que, cada um a sua maneira, me encantam, e que consigo distinguir à distância com precisão. Aí costumam vir tempos especialmente pacíficos, em que devagar, aos poucos, transfiro meus lugares de dormir dos círculos externos para o interior, mergulhando cada vez mais fundo nos odores; até que não aguento mais e chega uma noite em que desenfreio para a praça do castelo, faço uma tremenda limpa nas provisões e me empanturro com o que tenho de melhor, até ficar completamente entorpecido. Tempos felizes, mas perigosos; quem soubesse tirar proveito deles poderia me aniquilar facilmente, sem se arriscar. Também aqui a falta de uma segunda ou terceira praça do castelo tem um efeito nocivo; o que me seduz é uma acumulação total, massiva e singular. Tento me proteger disso de várias formas diferentes, a divisão em pequenas praças também é, sem dúvida, uma medida desse tipo; infelizmente, como outras medidas semelhantes, ela leva pela privação a uma ganância ainda maior que, atropelando a razão, altera os planos de defesa de modo arbitrário, segundo seus próprios objetivos.

Depois de épocas como essa, costumo inspecionar a construção para me recompor e, depois de realizados os reparos necessários, deixo-a de vez em quando, mesmo que só por períodos curtos. Passar muito tempo longe dela me parece um castigo duro demais, mas reconheço a necessidade de fazer excursões temporárias. Há sempre certa solenidade quando me aproximo da saída. Nos tempos de vida doméstica, desvio dela, evito até mesmo transitar pelas últimas ramificações que conduzem a ela, aliás não é nada fácil andar tenho de melhor, até ficar completamente entorpecido. Tempos felizes, mas perigosos; quem soubesse tirar proveito deles poderia me aniquilar facilmente, sem se arriscar. Também aqui a falta de uma segunda ou terceira praça do castelo tem um efeito nocivo; o que me seduz é uma acumulação total, massiva e singular. Tento me proteger disso de várias formas diferentes, a divisão em pequenas praças também é, sem dúvida, uma medida desse tipo; infelizmente, como outras medidas semelhantes, ela leva pela privação a uma ganância ainda maior que, atropelando a razão, altera os planos de defesa de modo arbitrário, segundo seus próprios objetivos.

Depois de épocas como essa, costumo inspecionar a construção para me recompor e, depois de realizados os reparos necessários, deixo-a de vez em quando, mesmo que só por períodos curtos. Passar muito tempo longe dela me parece um castigo duro demais, mas reconheço a necessidade de fazer excursões temporárias. Há sempre certa solenidade quando me aproximo da saída. Nos tempos de vida doméstica, desvio dela, evito até mesmo transitar pelas últimas ramificações que conduzem a ela, aliás não é nada fácil andar por aquelas bandas, pois criei ali um pequeno e fabuloso zigue-zague de corredores; foi ali que começou minha construção, naquela época eu nem tinha esperança de um dia concluí-la conforme meus planos, comecei como uma espécie de brincadeira nessas arestas e assim a primeira animação com o trabalho se descarregou numa construção labiríntica, que me parecia à época o coroamento de todas as construções, mas que hoje julgo de modo provavelmente mais apurado como uma bricolagem insignificante e não muito digna da construção como um todo, que embora em teoria possa até ser agradável – aqui é a entrada da minha casa, eu dizia naquela época ironicamente aos inimigos invisíveis, e logo os via todos sufocando no labirinto de entrada – na realidade constitui um joguete de paredes demasiado tênues, que dificilmente resistirá a um ataque sério ou a um inimigo desesperado lutando pela própria vida. Levando isso em conta, será que eu deveria reconstruir esse pedaço? Procrastino essa decisão, então ele deve acabar ficando como está. Para além do enorme trabalho que eu teria de enfrentar, seria também a coisa mais perigosa que se pode imaginar; naquela época, quando comecei a construção, eu conseguia trabalhar nela com por aquelas bandas, pois criei ali um pequeno e fabuloso zigue-zague de corredores; foi ali que começou minha construção, naquela época eu nem tinha esperança de um dia concluí-la conforme meus planos, comecei como uma espécie de brincadeira nessas arestas e assim a primeira animação com o trabalho se descarregou numa construção labiríntica, que me parecia à época o coroamento de todas as construções, mas que hoje julgo de modo provavelmente mais apurado como uma bricolagem insignificante e não muito digna da construção como um todo, que embora em teoria possa até ser agradável – aqui é a entrada da minha casa, eu dizia naquela época ironicamente aos inimigos invisíveis, e logo os via todos sufocando no labirinto de entrada – na realidade constitui um joguete de paredes demasiado tênues, que dificilmente resistirá a um ataque sério ou a um inimigo desesperado lutando pela própria vida. Levando isso em conta, será que eu deveria reconstruir esse pedaço? Procrastino essa decisão, então ele deve acabar ficando como está. Para além do enorme trabalho que eu teria de enfrentar, seria também a coisa mais perigosa que se pode imaginar; naquela época, quando comecei a construção, eu conseguia trabalhar nela com relativa tranquilidade, o risco não era muito maior do que em qualquer outro ponto, mas hoje isso significaria querer chamar, quase que de propósito, a atenção do mundo todo para o conjunto da construção, o que hoje não é possível. Fico quase feliz que haja certa sensibilidade para essa primeira obra. E se viesse um grande ataque, que configuração de entrada poderia me salvar? A entrada pode enganar, distrair, torturar o invasor – que também faria isso caso necessário. Mas devo estar pronto para encarar um ataque realmente grande com todos os meios da construção em geral e com todas as forças do corpo e da alma – isso está mais do que claro. De modo que essa entrada pode ficar como está. A construção tem tantos pontos fracos impostos pela natureza que pode manter esse defeito engendrado pelas minhas mãos, defeito que foi identificado com precisão, ainda que, é verdade, apenas mais tarde. É claro que isso não quer dizer que essa falha não me inquiete de tempos em tempos, ou talvez sempre. Quando, durante meus passeios rotineiros, evito essa parte da construção, isso acontece sobretudo porque a visão dela me é desagradável, porque nem sempre quero contemplar um defeito da construção, uma vez que esse defeito já relativa tranquilidade, o risco não era muito maior do que em qualquer outro ponto, mas hoje isso significaria querer chamar, quase que de propósito, a atenção do mundo todo para o conjunto da construção, o que hoje não é possível. Fico quase feliz que haja certa sensibilidade para essa primeira obra. E se viesse um grande ataque, que configuração de entrada poderia me salvar? A entrada pode enganar, distrair, torturar o invasor – que também faria isso caso necessário. Mas devo estar pronto para encarar um ataque realmente grande com todos os meios da construção em geral e com todas as forças do corpo e da alma – isso está mais do que claro. De modo que essa entrada pode ficar como está. A construção tem tantos pontos fracos impostos pela natureza que pode manter esse defeito engendrado pelas minhas mãos, defeito que foi identificado com precisão, ainda que, é verdade, apenas mais tarde. É claro que isso não quer dizer que essa falha não me inquiete de tempos em tempos, ou talvez sempre. Quando, durante meus passeios rotineiros, evito essa parte da construção, isso acontece sobretudo porque a visão dela me é desagradável, porque nem sempre quero contemplar um defeito da construção, uma vez que esse defeito já assombra demais minha consciência. A falha lá em cima na entrada pode permanecer irremediável, mas quero ser poupado de vê-la enquanto isso puder ser evitado. Só de ir em direção à saída, por mais que eu ainda esteja separado dela por corredores e praças, já acredito adentrar um ambiente extremamente perigoso; às vezes é como se meu pelo rareasse, como se em breve eu pudesse estar ali com a carne nua e crua e nesse instante ser saudado pelo uivo dos meus inimigos. É claro que a própria saída já provoca por si só sentimentos doentios como esses, com o fim da proteção doméstica, mas é também essa construção da entrada que me tortura em especial. Às vezes, sonho que a reconstruí e a alterei de cima a baixo, bem rápido, com força colossal, numa única noite, sem ninguém perceber, e agora ela seria inexpugnável; o sono em que isso me acontece é o mais doce de todos, lágrimas de felicidade e alívio ainda brilham nos pelos da minha barba quando acordo.

Preciso portanto superar também fisicamente o tormento desse labirinto quando saio, e é ao mesmo tempo irritante e comovente quando às vezes me perco por um instante dentro da minha própria criação e a obra assombra demais minha consciência. A falha lá em cima na entrada pode permanecer irremediável, mas quero ser poupado de vê-la enquanto isso puder ser evitado. Só de ir em direção à saída, por mais que eu ainda esteja separado dela por corredores e praças, já acredito adentrar um ambiente extremamente perigoso; às vezes é como se meu pelo rareasse, como se em breve eu pudesse estar ali com a carne nua e crua e nesse instante ser saudado pelo uivo dos meus inimigos. É claro que a própria saída já provoca por si só sentimentos doentios como esses, com o fim da proteção doméstica, mas é também essa construção da entrada que me tortura em especial. Às vezes, sonho que a reconstruí e a alterei de cima a baixo, bem rápido, com força colossal, numa única noite, sem ninguém perceber, e agora ela seria inexpugnável; o sono em que isso me acontece é o mais doce de todos, lágrimas de felicidade e alívio ainda brilham nos pelos da minha barba quando acordo.

Preciso portanto superar também fisicamente o tormento desse labirinto quando saio, e é ao mesmo tempo irritante e comovente quando às vezes me perco por um instante dentro da minha própria criação e a obra parece se esforçar ainda mais para provar para mim, cujo julgamento já está dado há muito tempo, seu direito de existir. Mas então estou sob a cobertura de musgo, que às vezes – enquanto não saio de casa – deixo crescer por um tempo com o resto do chão do bosque, e agora basta um solavanco com a cabeça para estar do lado de fora. Levo um tanto para me atrever a realizar esse pequeno movimento, se eu não tivesse de ultrapassar mais uma vez o labirinto da entrada, com certeza hoje desistiria dele e daria meia-volta. Como? Sua casa está protegida, fechada em si mesma, você vive em paz, aquecido, bem alimentado, senhor, único senhor de grande número de corredores e praças, e você não quer sacrificar tudo isso, assim se espera, mas em certa medida quer sim largá-lo, e até tem a confiança necessária para recuperá-lo, mas está disposto a fazer uma aposta alta, demasiado alta. Haveria motivos razoáveis para isso? Não, para uma coisa assim não pode haver motivos razoáveis. Mas eis que levanto com cuidado o alçapão e estou do lado de fora; baixo-o com cuidado e corro, o mais rápido que consigo, para longe desse lugar traiçoeiro.

parece se esforçar ainda mais para provar para mim, cujo julgamento já está dado há muito tempo, seu direito de existir. Mas então estou sob a cobertura de musgo, que às vezes – enquanto não saio de casa – deixo crescer por um tempo com o resto do chão do bosque, e agora basta um solavanco com a cabeça para estar do lado de fora. Levo um tanto para me atrever a realizar esse pequeno movimento, se eu não tivesse de ultrapassar mais uma vez o labirinto da entrada, com certeza hoje desistiria dele e daria meia-volta. Como? Sua casa está protegida, fechada em si mesma, você vive em paz, aquecido, bem alimentado, senhor, único senhor de grande número de corredores e praças, e você não quer sacrificar tudo isso, assim se espera, mas em certa medida quer sim largá-lo, e até tem a confiança necessária para recuperá-lo, mas está disposto a fazer uma aposta alta, demasiado alta. Haveria motivos razoáveis para isso? Não, para uma coisa assim não pode haver motivos razoáveis. Mas eis que levanto com cuidado o alçapão e estou do lado de fora; baixo-o com cuidado e corro, o mais rápido que consigo, para longe desse lugar traiçoeiro.

Não estou exatamente ao ar livre, embora já não me esgueire pelos corredores, mas, em vez disso, corra no bosque aberto, sentindo em meu corpo novas forças, para as quais em certo sentido não há lugar dentro da construção, nem mesmo na praça do castelo, ainda que ela fosse dez vezes maior; além disso a comida de fora é melhor, a caça mais difícil, é verdade, o sucesso mais raro, mas o resultado mais valioso em todos os aspectos; não nego nada disso, sei observá-lo e aproveitá-lo, no mínimo tão bem quanto qualquer outro, mas provavelmente muito melhor, porque não caço como um nômade por leviandade ou desespero, e sim de modo determinado e tranquilo. Também não estou destinado e entregue a uma vida livre, sei que tenho o tempo contado, que não preciso ficar aqui caçando para sempre, e sim que, quando eu quiser e estiver cansado da vida aqui, alguém irá me chamar e serei incapaz de resistir a esse convite. E por isso consigo aproveitar completamente esse tempo aqui e vivê-lo despreocupado, ou antes deveria conseguir, mas não consigo. A construção me ocupa demais a cabeça. Corro para longe da entrada, mas logo estou de volta. Procuro um bom esconderijo e espio a entrada da minha casa – dessa vez de fora – noite e dia. Pode parecer uma tolice, mas me dá uma alegria indescritível e, mais que isso, me tranquiliza. Sinto então como se não estivesse diante da minha casa, mas diante de mim mesmo enquanto durmo, e

Não estou exatamente ao ar livre, embora já não me esgueire pelos corredores, mas, em vez disso, corra no bosque aberto, sentindo em meu corpo novas forças, para as quais em certo sentido não há lugar dentro da construção, nem mesmo na praça do castelo, ainda que ela fosse dez vezes maior; além disso a comida de fora é melhor, a caça mais difícil, é verdade, o sucesso mais raro, mas o resultado mais valioso em todos os aspectos; não nego nada disso, sei observá-lo e aproveitá-lo, no mínimo tão bem quanto qualquer outro, mas provavelmente muito melhor, porque não caço como um nômade por leviandade ou desespero, e sim de modo determinado e tranquilo. Também não estou destinado e entregue a uma vida livre, sei que tenho o tempo contado, que não preciso ficar aqui caçando para sempre, e sim que, quando eu quiser e estiver cansado da vida aqui, alguém irá me chamar e serei incapaz de resistir a esse convite. E por isso consigo aproveitar completamente esse tempo aqui e vivê-lo despreocupado, ou antes deveria conseguir, mas não consigo. A construção me ocupa demais a cabeça.

Corro para longe da entrada, mas logo estou de volta. Procuro um bom esconderijo e espio a entrada da minha casa – dessa vez de fora – noite e dia. Pode parecer uma tolice, mas me dá uma alegria indescritível e, mais que isso, me tranquiliza. Sinto então como se não estivesse diante da minha casa, mas diante de mim mesmo enquanto durmo, e tivesse a sorte de conseguir ao mesmo tempo dormir profundamente e me vigiar de perto. De certo modo, tenho o privilégio não só de ver os fantasmas da noite no desamparo e na cega confiança do sono como também de encontrá-los na realidade com serena capacidade de julgamento e toda a força da vigília. E, surpreendentemente, noto que não estou tão mal, como tantas vezes acreditei estar e como na certa voltarei a acreditar quando descer a minha casa. Desse ponto de vista – pode ser que de outro também, mas desse em particular –, essas excursões são realmente imprescindíveis. Claro, por mais cuidadoso que eu tenha sido na escolha de uma entrada afastada – o plano geral me impunha sem dúvida certas limitações –, o trânsito que passa por ali é muito grande, se reunirmos as observações de cerca de uma semana, mas talvez seja assim em qualquer região habitável e deve ser até melhor submeter-se a um trânsito maior que conduza a si mesmo devido à própria intensidade do que ficar em completa solidão, à mercê do primeiro invasor que chegar procurando devagar. Aqui há muitos inimigos e ainda mais cúmplices dos inimigos, mas eles também lutam uns contra os outros e, tomados por essas distrações, passam correndo ao largo da construção. Ao longo de todo esse tempo, não vi ninguém investigar justamente a entrada, para minha sorte e a de quem fizesse isso, porque, preocupado com a construção, teria certamente tivesse a sorte de conseguir ao mesmo tempo dormir profundamente e me vigiar de perto. De certo modo, tenho o privilégio não só de ver os fantasmas da noite no desamparo e na cega confiança do sono como também de encontrá-los na realidade com serena capacidade de julgamento e toda a força da vigília. E, surpreendentemente, noto que não estou tão mal, como tantas vezes acreditei estar e como na certa voltarei a acreditar quando descer a minha casa. Desse ponto de vista – pode ser que de outro também, mas desse em particular –, essas excursões são realmente imprescindíveis. Claro, por mais cuidadoso que eu tenha sido na escolha de uma entrada afastada – o plano geral me impunha sem dúvida certas limitações –, o trânsito que passa por ali é muito grande, se reunirmos as observações de cerca de uma semana, mas talvez seja assim em qualquer região habitável e deve ser até melhor submeter-se a um trânsito maior que conduza a si mesmo devido à própria intensidade do que ficar em completa solidão, à mercê do primeiro invasor que chegar procurando devagar. Aqui há muitos inimigos e ainda mais cúmplices dos inimigos, mas eles também lutam uns contra os outros e, tomados por essas distrações, passam correndo ao largo da construção. Ao longo de todo esse tempo, não vi ninguém investigar justamente a entrada, para minha sorte e a de quem fizesse isso, porque, preocupado com a construção, teria certamente perdido o juízo e me lançado no seu pescoço. Claro que também vieram criaturas das quais eu não ousava ficar perto e que só de intuir à distância já me obrigavam a fugir; quanto ao comportamento delas perante a construção, eu não poderia me manifestar com segurança, mas logo voltei, não encontrei mais nenhuma delas e a entrada estava intacta, o que basta para me tranquilizar. Houve tempos felizes em que quase disse a mim mesmo que a hostilidade do mundo contra mim talvez tivesse cessado ou se aplacado, ou que a força da construção talvez tivesse me tirado e sobreposto à luta de extermínio que eu travara até então. A construção talvez proteja mais do que jamais pensei, ou do que ouso pensar de dentro da construção. A coisa foi tão longe que por vezes tive um desejo infantil de não voltar mais para a construção, e em vez disso me instalar aqui na proximidade da entrada, passar a vida observando a entrada, tendo sempre diante de mim, e nisto encontrar minha felicidade, como a construção seria capaz de me manter seguro se eu estivesse dentro dela. Bem, os sonhos infantis se acabam num breve sobressalto. Que tipo de segurança é essa que observo aqui? Será que, a partir das experiências que vivo aqui fora, posso avaliar o risco que corro dentro da construção? Será que meus inimigos conseguem me farejar quando não estou na construção? Eles devem conseguir me farejar um pouco, mas não todo. E me farejar por completo não perdido o juízo e me lançado no seu pescoço.

Claro que também vieram criaturas das quais eu não ousava ficar perto e que só de intuir à distância já me obrigavam a fugir; quanto ao comportamento delas perante a construção, eu não poderia me manifestar com segurança, mas logo voltei, não encontrei mais nenhuma delas e a entrada estava intacta, o que basta para me tranquilizar. Houve tempos felizes em que quase disse a mim mesmo que a hostilidade do mundo contra mim talvez tivesse cessado ou se aplacado, ou que a força da construção talvez tivesse me tirado e sobreposto à luta de extermínio que eu travara até então. A construção talvez proteja mais do que jamais pensei, ou do que ouso pensar de dentro da construção. A coisa foi tão longe que por vezes tive um desejo infantil de não voltar mais para a construção, e em vez disso me instalar aqui na proximidade da entrada, passar a vida observando a entrada, tendo sempre diante de mim, e nisto encontrar minha felicidade, como a construção seria capaz de me manter seguro se eu estivesse dentro dela. Bem, os sonhos infantis se acabam num breve sobressalto. Que tipo de segurança é essa que observo aqui? Será que, a partir das experiências que vivo aqui fora, posso avaliar o risco que corro dentro da construção? Será que meus inimigos conseguem me farejar quando não estou na construção? Eles devem conseguir me farejar um pouco, mas não todo. E me farejar por completo não seria o pressuposto do perigo habitual? São, portanto, apenas meias tentativas ou frações de tentativas o que estou fazendo aqui, próprias para me apaziguar e, por meio de falsos apaziguamentos, me sujeitar ao máximo perigo. Não, eu não estava observando meu sono como acreditava, antes sou eu quem dorme, enquanto o corruptor vigia. Talvez ele esteja entre aqueles que perambulam despreocupados pela frente da entrada, certificando-se sempre, não menos do que eu, de que a porta ainda está intacta e à espera de seu ataque, e só passam porque sabem que o dono da casa não está lá dentro, ou porque talvez até saibam que ele espreita inocente nos arbustos ali ao lado. E deixo meu posto de observação e estou farto da vida do lado de fora, é como se eu já não pudesse aprender nada aqui, nem agora nem depois. E tenho vontade de me despedir de tudo aqui em cima, descer à construção e nunca mais voltar, deixar as coisas tomarem seu rumo e não as reter com observações inúteis. No entanto, mal-acostumado por já ter visto tudo o que se passava acima da entrada, me parece uma tortura agora levar a cabo o procedimento de descida, que por si só dá na vista, sem saber o que irá acontecer em todo o entorno às minhas costas e atrás do alçapão outra vez fechado. Tento primeiro em noites de tempestade jogar rapidamente a presa para dentro, isso parece funcionar, mas se houve de fato seria o pressuposto do perigo habitual? São, portanto, apenas meias tentativas ou frações de tentativas o que estou fazendo aqui, próprias para me apaziguar e, por meio de falsos apaziguamentos, me sujeitar ao máximo perigo. Não, eu não estava observando meu sono como acreditava, antes sou eu quem dorme, enquanto o corruptor vigia. Talvez ele esteja entre aqueles que perambulam despreocupados pela frente da entrada, certificando-se sempre, não menos do que eu, de que a porta ainda está intacta e à espera de seu ataque, e só passam porque sabem que o dono da casa não está lá dentro, ou porque talvez até saibam que ele espreita inocente nos arbustos ali ao lado. E deixo meu posto de observação e estou farto da vida do lado de fora, é como se eu já não pudesse aprender nada aqui, nem agora nem depois. E tenho vontade de me despedir de tudo aqui em cima, descer à construção e nunca mais voltar, deixar as coisas tomarem seu rumo e não as reter com observações inúteis. No entanto, mal-acostumado por já ter visto tudo o que se passava acima da entrada, me parece uma tortura agora levar a cabo o procedimento de descida, que por si só dá na vista, sem saber o que irá acontecer em todo o entorno às minhas costas e atrás do alçapão outra vez fechado. Tento primeiro em noites de tempestade jogar rapidamente a presa para dentro, isso parece funcionar, mas se houve de fato sucesso, isso só será revelado quando eu mesmo tiver entrado; será revelado, mas não mais para mim, ou também para mim, mas tarde demais. Então deixo para lá e não entro. Cavo, claro que a uma distância suficiente da verdadeira entrada, uma vala experimental, ela não é mais longa do que eu, e também é fechada por uma cobertura de musgo. Rastejo para dentro da vala, cubro-a atrás de mim, aguardo por períodos mais curtos e mais longos, que calculo com cuidado dependendo da hora do dia, depois jogo fora o musgo, saio e registro minhas observações. Faço as experiências mais diversas, boas e más, mas não consigo encontrar uma lei universal ou um método infalível para descer. Como consequência, fico feliz de ainda não ter descido pela entrada verdadeira e, entretanto, desesperado por ter de fazê-lo em breve. Não estou muito distante da decisão de me distanciar, retomar aquela velha vida sem consolo que não tinha segurança alguma, que era uma única profusão indistinguível de perigos e por consequência não permitia ver e temer precisamente o perigo individual, como sempre me ensina a comparação entre minha construção segura e a vida além dela. É claro que uma decisão dessas seria uma completa tolice, causada apenas por uma vida demasiado longa numa liberdade absurda, a construção ainda me pertence, só preciso dar um passo e estarei seguro. E afasto todas as dúvidas e corro direto para a porta, sucesso, isso só será revelado quando eu mesmo tiver entrado; será revelado, mas não mais para mim, ou também para mim, mas tarde demais. Então deixo para lá e não entro. Cavo, claro que a uma distância suficiente da verdadeira entrada, uma vala experimental, ela não é mais longa do que eu, e também é fechada por uma cobertura de musgo. Rastejo para dentro da vala, cubro-a atrás de mim, aguardo por períodos mais curtos e mais longos, que calculo com cuidado dependendo da hora do dia, depois jogo fora o musgo, saio e registro minhas observações. Faço as experiências mais diversas, boas e más, mas não consigo encontrar uma lei universal ou um método infalível para descer. Como consequência, fico feliz de ainda não ter descido pela entrada verdadeira e, entretanto, desesperado por ter de fazê-lo em breve. Não estou muito distante da decisão de me distanciar, retomar aquela velha vida sem consolo que não tinha segurança alguma, que era uma única profusão indistinguível de perigos e por consequência não permitia ver e temer precisamente o perigo individual, como sempre me ensina a comparação entre minha construção segura e a vida além dela. É claro que uma decisão dessas seria uma completa tolice, causada apenas por uma vida demasiado longa numa liberdade absurda, a construção ainda me pertence, só preciso dar um passo e estarei seguro. E afasto todas as dúvidas e corro direto para a porta, em plena luz do dia, decidido agora a levantá-la, mas não consigo fazê-lo, eu a ultrapasso e me jogo deliberadamente num arbusto espinhoso para me punir, me punir por uma culpa que desconheço. Porque, afinal de contas, preciso admitir que tenho razão, sim, e que é realmente impossível descer sem dar de bandeja a coisa mais cara que tenho, ao menos por um tempinho, a todos que estão à volta, no chão, nas árvores, nos ares. E o perigo não é imaginário, mas muito real. Não precisa nem ser um inimigo de fato em quem eu desperte a vontade de me seguir, pode muito bem ser um pequeno inocente qualquer, uma criaturinha repugnante, que por curiosidade me segue e assim, sem saber, passa a liderar o mundo contra mim, mas também não precisa ser assim, talvez seja – e isso seria igualmente ruim, de certa forma até pior –, talvez seja alguém da minha espécie, um conhecedor e apreciador de construções, algum irmão de bosque, um amante da paz, mas um patife indecoroso que quer morar sem construir. Se ele de fato viesse agora, se de fato descobrisse a entrada com sua ganância imunda, se de fato começasse a trabalhar para levantar o musgo, se de fato conseguisse e se enfiasse depressa e desaparecesse bem longe lá dentro, de modo que só o seu traseiro ainda emergisse por um instante, se tudo isso de fato acontecesse para que eu enfim pudesse arrancar como um louco atrás dele e, livre de todos os em plena luz do dia, decidido agora a levantá-la, mas não consigo fazê-lo, eu a ultrapasso e me jogo deliberadamente num arbusto espinhoso para me punir, me punir por uma culpa que desconheço. Porque, afinal de contas, preciso admitir que tenho razão, sim, e que é realmente impossível descer sem dar de bandeja a coisa mais cara que tenho, ao menos por um tempinho, a todos que estão à volta, no chão, nas árvores, nos ares. E o perigo não é imaginário, mas muito real. Não precisa nem ser um inimigo de fato em quem eu desperte a vontade de me seguir, pode muito bem ser um pequeno inocente qualquer, uma criaturinha repugnante, que por curiosidade me segue e assim, sem saber, passa a liderar o mundo contra mim, mas também não precisa ser assim, talvez seja – e isso seria igualmente ruim, de certa forma até pior –, talvez seja alguém da minha espécie, um conhecedor e apreciador de construções, algum irmão de bosque, um amante da paz, mas um patife indecoroso que quer morar sem construir. Se ele de fato viesse agora, se de fato descobrisse a entrada com sua ganância imunda, se de fato começasse a trabalhar para levantar o musgo, se de fato conseguisse e se enfiasse depressa e desaparecesse bem longe lá dentro, de modo que só o seu traseiro ainda emergisse por um instante, se tudo isso de fato acontecesse para que eu enfim pudesse arrancar como um louco atrás dele e, livre de todos os escrúpulos, pular em cima dele, mordê-lo, despedaçá-lo, rasgá-lo e bebê-lo todo, e logo lançar sua carcaça junto às outras presas, mas acima de tudo, e isto seria o principal, se eu enfim estivesse de volta a minha construção e dessa vez até quisesse me comprazer na contemplação do labirinto, então a primeira coisa que eu faria seria puxar a cobertura de musgo sobre mim e descansar, acho eu, pelo resto da vida. Mas ninguém vem e sou deixado a minha própria sorte. Sempre absorto pela dificuldade da questão, perco grande parte da minha ansiedade, também já não desvio da entrada do lado de fora, traçar círculos a sua volta vai se tornando meu passamento preferido, quase como se eu fosse o inimigo espiando o momento oportuno para invadi-la com sucesso. Se eu tivesse alguém em quem pudesse confiar, que eu pudesse posicionar nos meus postos de observação, então eu bem que poderia descer confiante. Eu combinaria com meu cúmplice de observar atentamente a situação durante minha descida e por um longo período depois disso, batendo na cobertura de musgo caso houvesse sinais de perigo, mas apenas nesse caso. Isso limparia minha barra, não restaria nada, no máximo meu confidente. Mas ele não vai exigir uma contrapartida, não vai querer ao menos dar uma olhada na construção?, e mesmo isso, deixar alguém entrar livremente na minha construção, já seria muitíssimo penoso para mim, eu a construí para escrúpulos, pular em cima dele, mordê-lo, despedaçá-lo, rasgá-lo e bebê-lo todo, e logo lançar sua carcaça junto às outras presas, mas acima de tudo, e isto seria o principal, se eu enfim estivesse de volta a minha construção e dessa vez até quisesse me comprazer na contemplação do labirinto, então a primeira coisa que eu faria seria puxar a cobertura de musgo sobre mim e descansar, acho eu, pelo resto da vida. Mas ninguém vem e sou deixado a minha própria sorte. Sempre absorto pela dificuldade da questão, perco grande parte da minha ansiedade, também já não desvio da entrada do lado de fora, traçar círculos a sua volta vai se tornando meu passamento preferido, quase como se eu fosse o inimigo espiando o momento oportuno para invadi-la com sucesso. Se eu tivesse alguém em quem pudesse confiar, que eu pudesse posicionar nos meus postos de observação, então eu bem que poderia descer confiante. Eu combinaria com meu cúmplice de observar atentamente a situação durante minha descida e por um longo período depois disso, batendo na cobertura de musgo caso houvesse sinais de perigo, mas apenas nesse caso. Isso limparia minha barra, não restaria nada, no máximo meu confidente. Mas ele não vai exigir uma contrapartida, não vai querer ao menos dar uma olhada na construção?, e mesmo isso, deixar alguém entrar livremente na minha construção, já seria muitíssimo penoso para mim, eu a construí para mim, não para visitantes, acho que eu não o deixaria entrar; nem que como recompensa ele me possibilitasse descer à construção, eu não o deixaria entrar. Não poderia deixá-lo entrar, pois ou teria que deixá-lo descer sozinho, e isso está fora de questão, ou nós dois teríamos de descer ao mesmo tempo, e com isso se perderia a vantagem que ele deveria me trazer, de observar o que acontece atrás de mim. E a confiança? Será que posso seguir confiando naquele em quem confio quando estamos cara a cara, mesmo quando ele não está visível, separado de mim pela cobertura de musgo? É relativamente fácil confiar em alguém que você está ao mesmo tempo vigiando, ou ao menos pode vigiar, e talvez seja até possível confiar em alguém à distância, mas de dentro da construção, portanto de outro mundo, depositar plena confiança em alguém de fora, isso eu considero impossível. Mas essas dúvidas não são nem sequer necessárias, já basta ponderar que, durante minha descida ou depois dela, todas as inúmeras vicissitudes da vida do confidente podem impedi-lo de cumprir seu dever e o menor dos impedimentos pode ter para mim consequências incalculáveis. Não, resumindo tudo, não preciso lamentar que estou sozinho e não tenho ninguém em quem possa confiar. Não perco com isso nenhuma vantagem e provavelmente evito danos. Confiança mesmo só posso ter em mim mesmo e na construção. Eu deveria ter considerado mim, não para visitantes, acho que eu não o deixaria entrar; nem que como recompensa ele me possibilitasse descer à construção, eu não o deixaria entrar. Não poderia deixá-lo entrar, pois ou teria que deixá-lo descer sozinho, e isso está fora de questão, ou nós dois teríamos de descer ao mesmo tempo, e com isso se perderia a vantagem que ele deveria me trazer, de observar o que acontece atrás de mim. E a confiança? Será que posso seguir confiando naquele em quem confio quando estamos cara a cara, mesmo quando ele não está visível, separado de mim pela cobertura de musgo? É relativamente fácil confiar em alguém que você está ao mesmo tempo vigiando, ou ao menos pode vigiar, e talvez seja até possível confiar em alguém à distância, mas de dentro da construção, portanto de outro mundo, depositar plena confiança em alguém de fora, isso eu considero impossível. Mas essas dúvidas não são nem sequer necessárias, já basta ponderar que, durante minha descida ou depois dela, todas as inúmeras vicissitudes da vida do confidente podem impedi-lo de cumprir seu dever e o menor dos impedimentos pode ter para mim consequências incalculáveis. Não, resumindo tudo, não preciso lamentar que estou sozinho e não tenho ninguém em quem possa confiar. Não perco com isso nenhuma vantagem e provavelmente evito danos. Confiança mesmo só posso ter em mim mesmo e na construção. Eu deveria ter considerado isso antes e tomado providências para o caso de me encontrar tão ocupado como agora. Isso teria sido possível, ao menos em parte, no começo da construção. Eu deveria ter planejado o primeiro corredor de modo a conferir-lhe duas entradas a uma distância apropriada uma da outra, e assim eu desceria por uma das entradas com todo o inevitável embaraço, percorreria depressa o corredor inicial até a segunda entrada, arejaria um pouco a cobertura de musgo ali, que teria de ser adaptada de acordo com esse objetivo, e de lá tentaria avaliar a situação por alguns dias e noites. Só assim eu teria feito a coisa certa, por mais que duas entradas dupliquem o perigo, mas essa preocupação teria de silenciar, até porque essa entrada que foi pensada só como um posto de observação poderia ser bem estreita. E assim me perco em considerações técnicas, volto a sonhar meu sonho de uma construção totalmente perfeita, o que me tranquiliza um pouco, de olhos fechados vejo encantado possibilidades mais ou menos claras de construção que me permitiriam sair e entrar de fininho sem ser notado. Quando estou assim deitado e penso nisso, valorizo muito essas possibilidades, mas só como realizações técnicas, não como vantagens reais, afinal, esse sair e entrar de fininho, sem impedimentos, qual é o ponto disso? Indica um espírito inquieto, uma autoavaliação incerta, desejos impuros, defeitos de caráter que se tornam ainda isso antes e tomado providências para o caso de me encontrar tão ocupado como agora. Isso teria sido possível, ao menos em parte, no começo da construção. Eu deveria ter planejado o primeiro corredor de modo a conferir-lhe duas entradas a uma distância apropriada uma da outra, e assim eu desceria por uma das entradas com todo o inevitável embaraço, percorreria depressa o corredor inicial até a segunda entrada, arejaria um pouco a cobertura de musgo ali, que teria de ser adaptada de acordo com esse objetivo, e de lá tentaria avaliar a situação por alguns dias e noites. Só assim eu teria feito a coisa certa, por mais que duas entradas dupliquem o perigo, mas essa preocupação teria de silenciar, até porque essa entrada que foi pensada só como um posto de observação poderia ser bem estreita. E assim me perco em considerações técnicas, volto a sonhar meu sonho de uma construção totalmente perfeita, o que me tranquiliza um pouco, de olhos fechados vejo encantado possibilidades mais ou menos claras de construção que me permitiriam sair e entrar de fininho sem ser notado. Quando estou assim deitado e penso nisso, valorizo muito essas possibilidades, mas só como realizações técnicas, não como vantagens reais, afinal, esse sair e entrar de fininho, sem impedimentos, qual é o ponto disso? Indica um espírito inquieto, uma autoavaliação incerta, desejos impuros, defeitos de caráter que se tornam ainda piores em vista da construção que, sim, aí está, e que é capaz de inspirar paz quando nos abrimos completamente para ela. Claro que agora estou fora dela, buscando uma forma de voltar, e para isso as instalações técnicas necessárias seriam muito bem-vindas. Mas talvez nem tanto. Ver a construção como uma mera cavidade para dentro da qual se pode rastejar na maior segurança possível não significaria subestimá-la em um momento de medo e nervosismo? Claro que ela também é essa cavidade segura, ou ao menos deveria ser, e quando imagino que estou correndo perigo, então quero com os dentes cerrados e com toda a força do meu querer que a construção não seja nada além do buraco destinado a salvar minha vida, e que ela cumpra essa função claramente atribuída da forma mais perfeita possível, e estou disposto a dispensá-la de qualquer outra função. Mas ela se comporta de tal modo que na realidade – e para a realidade ninguém olha em momentos de emergência, e mesmo em momentos de segurança esse olhar precisa ser conquistado – até oferece bastante segurança, mas não o bastante, pois se as preocupações chegam finalmente a cessar nela, há outras preocupações mais altivas, substanciosas, muitas vezes intensamente reprimidas, mas seu efeito abrasador talvez seja igual ao de qualquer outra preocupação que a vida lá fora arma para nós. Se eu tivesse criado a construção apenas para dar segurança a minha vida, pode até piores em vista da construção que, sim, aí está, e que é capaz de inspirar paz quando nos abrimos completamente para ela. Claro que agora estou fora dela, buscando uma forma de voltar, e para isso as instalações técnicas necessárias seriam muito bem-vindas. Mas talvez nem tanto. Ver a construção como uma mera cavidade para dentro da qual se pode rastejar na maior segurança possível não significaria subestimá-la em um momento de medo e nervosismo? Claro que ela também é essa cavidade segura, ou ao menos deveria ser, e quando imagino que estou correndo perigo, então quero com os dentes cerrados e com toda a força do meu querer que a construção não seja nada além do buraco destinado a salvar minha vida, e que ela cumpra essa função claramente atribuída da forma mais perfeita possível, e estou disposto a dispensá-la de qualquer outra função. Mas ela se comporta de tal modo que na realidade – e para a realidade ninguém olha em momentos de emergência, e mesmo em momentos de segurança esse olhar precisa ser conquistado – até oferece bastante segurança, mas não o bastante, pois se as preocupações chegam finalmente a cessar nela, há outras preocupações mais altivas, substanciosas, muitas vezes intensamente reprimidas, mas seu efeito abrasador talvez seja igual ao de qualquer outra preocupação que a vida lá fora arma para nós. Se eu tivesse criado a construção apenas para dar segurança a minha vida, pode até ser que eu não estivesse equivocado, mas a relação entre o trabalho monstruoso e a segurança efetiva, ao menos até onde estou em condições de senti-la e posso me beneficiar dela, não seria favorável para mim. É muito doloroso admitir isso, mas necessário, precisamente aqui diante da entrada, que agora se fecha – literalmente se contrai diante de mim, seu construtor e proprietário. Mas a construção não é só um buraco de salvação! Quando estou na praça do castelo, cercado pelas altas provisões de carne, o rosto voltado para os dez corredores que dali partem, cada um deles especialmente abaixado ou elevado, esticado ou arredondado, alargando-se ou estreitando-se de acordo com o plano geral, e todos igualmente silenciosos e vazios e prontos, cada um a sua maneira, para me conduzir às muitas praças, essas todas também silenciosas e vazias – nesse momento estou bem longe de pensar em segurança, nesse momento sei exatamente que aqui é meu castelo, que conquistei do solo indomável arranhando e mordendo, pisando e empurrando, meu castelo que não pode de modo algum pertencer a mais ninguém e é tão meu que, em última análise, aqui posso até aceitar tranquilo a ferida mortal do meu inimigo, pois meu sangue penetra no meu solo e não se perde. E se não esse, qual é o sentido das belas horas que costumo passar nos corredores, em parte dormindo tranquilo, em parte alegre e desperto – nestes corredores que são calculados ser que eu não estivesse equivocado, mas a relação entre o trabalho monstruoso e a segurança efetiva, ao menos até onde estou em condições de senti-la e posso me beneficiar dela, não seria favorável para mim. É muito doloroso admitir isso, mas necessário, precisamente aqui diante da entrada, que agora se fecha – literalmente se contrai diante de mim, seu construtor e proprietário. Mas a construção não é só um buraco de salvação! Quando estou na praça do castelo, cercado pelas altas provisões de carne, o rosto voltado para os dez corredores que dali partem, cada um deles especialmente abaixado ou elevado, esticado ou arredondado, alargando-se ou estreitando-se de acordo com o plano geral, e todos igualmente silenciosos e vazios e prontos, cada um a sua maneira, para me conduzir às muitas praças, essas todas também silenciosas e vazias – nesse momento estou bem longe de pensar em segurança, nesse momento sei exatamente que aqui é meu castelo, que conquistei do solo indomável arranhando e mordendo, pisando e empurrando, meu castelo que não pode de modo algum pertencer a mais ninguém e é tão meu que, em última análise, aqui posso até aceitar tranquilo a ferida mortal do meu inimigo, pois meu sangue penetra no meu solo e não se perde. E se não esse, qual é o sentido das belas horas que costumo passar nos corredores, em parte dormindo tranquilo, em parte alegre e desperto – nestes corredores que são calculados precisamente para mim, para me espreguiçar com conforto, rolar como uma criança, ficar deitado sonhando, adormecer feliz. E as pequenas praças, cada uma delas tão familiar para mim que, apesar de toda semelhança, diferencio nitidamente uma da outra, mesmo de olhos fechados, pela curvatura das paredes, elas me abraçam com calma e calor, como nenhum ninho abraça nenhum pássaro. E tudo, tudo silencioso e vazio.

Mas, se é assim, por que hesito, por que temo mais o invasor do que a possibilidade de nunca rever minha construção? Bem, por sorte esta última é uma impossibilidade, nem seria preciso refletir e explicar o que a construção significa para mim, eu e a construção somos feitos um para o outro, a tal ponto que eu poderia me instalar aqui tranquilo, tranquilo com toda a minha angústia, não precisaria me esforçar para, contrariando todas as ponderações, abrir a entrada, bastaria esperar de braços cruzados, pois nada pode nos separar a longo prazo e bem sei que de algum jeito acabarei descendo até lá. Mas, claro, quanto tempo transcorrerá até lá, e quanta coisa pode acontecer nesse tempo, tanto aqui em cima como lá embaixo? E só depende de mim encurtar esse intervalo de tempo e fazer logo o necessário.

precisamente para mim, para me espreguiçar com conforto, rolar como uma criança, ficar deitado sonhando, adormecer feliz. E as pequenas praças, cada uma delas tão familiar para mim que, apesar de toda semelhança, diferencio nitidamente uma da outra, mesmo de olhos fechados, pela curvatura das paredes, elas me abraçam com calma e calor, como nenhum ninho abraça nenhum pássaro. E tudo, tudo silencioso e vazio.

Mas, se é assim, por que hesito, por que temo mais o invasor do que a possibilidade de nunca rever minha construção? Bem, por sorte esta última é uma impossibilidade, nem seria preciso refletir e explicar o que a construção significa para mim, eu e a construção somos feitos um para o outro, a tal ponto que eu poderia me instalar aqui tranquilo, tranquilo com toda a minha angústia, não precisaria me esforçar para, contrariando todas as ponderações, abrir a entrada, bastaria esperar de braços cruzados, pois nada pode nos separar a longo prazo e bem sei que de algum jeito acabarei descendo até lá. Mas, claro, quanto tempo transcorrerá até lá, e quanta coisa pode acontecer nesse tempo, tanto aqui em cima como lá embaixo? E só depende de mim encurtar esse intervalo de tempo e fazer logo o necessário.

E agora, já incapaz de pensar de tanto cansaço, com a cabeça baixa, as pernas titubeantes, meio dormindo, mais tateando que andando, me aproximo da entrada, ergo o musgo devagar, desço devagar, por distração deixo a entrada descoberta por muito tempo, sem necessidade, lembro-me então do que foi negligenciado, subo de novo para resolver, mas por que subir? Só preciso fechar a cobertura de musgo, muito bem, então desço de novo e finalmente fecho a cobertura de musgo. Só nesse estado, exclusivamente nesse estado posso levar esse assunto a cabo. Então fico deitado sob o musgo, em cima da presa que trouxe, banhado pelo sangue e pelo suco da carne, e poderia começar a dormir o ansiado sono. Nada me impede, ninguém me seguiu, tudo parece estar tranquilo por cima do musgo, ao menos até agora, e mesmo que não estivesse tranquilo, acho que não poderia me deter agora em observações, troquei de lugar, parti do mundo de cima para a minha construção e sinto imediatamente o efeito disso. É um novo mundo que oferece novas forças, e o que lá em cima é cansaço aqui não vale como tal. Voltei de uma viagem, extremamente cansado dos esforços, mas rever a velha casa, o trabalho de organização que me aguarda, a necessidade de inspecionar

E agora, já incapaz de pensar de tanto cansaço, com a cabeça baixa, as pernas titubeantes, meio dormindo, mais tateando que andando, me aproximo da entrada, ergo o musgo devagar, desço devagar, por distração deixo a entrada descoberta por muito tempo, sem necessidade, lembro-me então do que foi negligenciado, subo de novo para resolver, mas por que subir? Só preciso fechar a cobertura de musgo, muito bem, então desço de novo e finalmente fecho a cobertura de musgo. Só nesse estado, exclusivamente nesse estado posso levar esse assunto a cabo. Então fico deitado sob o musgo, em cima da presa que trouxe, banhado pelo sangue e pelo suco da carne, e poderia começar a dormir o ansiado sono. Nada me impede, ninguém me seguiu, tudo parece estar tranquilo por cima do musgo, ao menos até agora, e mesmo que não estivesse tranquilo, acho que não poderia me deter agora em observações, troquei de lugar, parti do mundo de cima para a minha construção e sinto imediatamente o efeito disso. É um novo mundo que oferece novas forças, e o que lá em cima é cansaço aqui não vale como tal. Voltei de uma viagem, extremamente cansado dos esforços, mas rever a velha casa, o trabalho de organização que me aguarda, a necessidade de inspecionar rapidamente, ao menos na superfície, todos os aposentos, e sobretudo avançar o mais depressa possível até a praça do castelo, tudo isso transforma meu cansaço em inquietação e entusiasmo, é como se, no instante em que entrei na construção, eu tivesse dormido um sono longo e profundo. A primeira tarefa é muito árdua e me toma por completo: isto é, levar a presa pelos corredores estreitos e de paredes frágeis do labirinto. Empurro-a para a frente com toda a força e até que funciona, mas o processo é lento demais para mim; para acelerar, arranco um pedaço da massa de carne e forço minha passagem por cima dela, por dentro dela, agora só tenho um pedaço a minha frente, é mais fácil fazê-lo avançar, mas desse modo estou bem no meio da profusão de carne, aqui nos corredores estreitos, pelos quais nem sempre é fácil passar, mesmo quando estou sozinho, de modo que eu poderia muito bem sufocar nas minhas próprias provisões, às vezes só consigo me salvar de seu aperto comendo e bebendo. Mas o transporte é bem-sucedido, não demoro muito para levá-lo a cabo, o labirinto está transposto, respiro aliviado num corredor de verdade, impulsiono a presa por um corredor de conexão até um corredor principal especialmente previsto para tais casos, que conduz num declive pronunciado até rapidamente, ao menos na superfície, todos os aposentos, e sobretudo avançar o mais depressa possível até a praça do castelo, tudo isso transforma meu cansaço em inquietação e entusiasmo, é como se, no instante em que entrei na construção, eu tivesse dormido um sono longo e profundo. A primeira tarefa é muito árdua e me toma por completo: isto é, levar a presa pelos corredores estreitos e de paredes frágeis do labirinto. Empurro-a para a frente com toda a força e até que funciona, mas o processo é lento demais para mim; para acelerar, arranco um pedaço da massa de carne e forço minha passagem por cima dela, por dentro dela, agora só tenho um pedaço à minha frente, é mais fácil fazê-lo avançar, mas desse modo estou bem no meio da profusão de carne, aqui nos corredores estreitos, pelos quais nem sempre é fácil passar, mesmo quando estou sozinho, de modo que eu poderia muito bem sufocar nas minhas próprias provisões, às vezes só consigo me salvar de seu aperto comendo e bebendo. Mas o transporte é bem-sucedido, não demoro muito para levá-lo a cabo, o labirinto está transposto, respiro aliviado num corredor de verdade, impulsiono a presa por um corredor de conexão até um corredor principal especialmente previsto para tais casos, que conduz num declive pronunciado até a praça do castelo. Agora já não há trabalho, agora a coisa toda rola e flui quase sozinha para baixo. Enfim na minha praça do castelo! Enfim posso descansar. Tudo está inalterado, nenhuma desgraça maior parece ter acontecido, os pequenos danos que noto à primeira vista logo serão reparados. Antes só é preciso fazer a longa caminhada pelos corredores, mas isso não é problema, isso é bater um papo com amigos, como eu fazia nos velhos tempos ou – ainda não sou tão velho, mas para muitas coisas a memória já se turva completamente – como eu fazia ou como, segundo ouvi, costumava acontecer. Começo agora pelo segundo corredor, deliberadamente devagar depois de ter visto a praça do castelo, tenho um tempo infinito, sempre tenho um tempo infinito dentro da construção, pois tudo o que faço lá dentro é bom e importante e de certa forma me sacia. Começo pelo segundo corredor e interrompo a inspeção no meio e passo para o terceiro corredor e deixo ele me conduzir de volta até a praça do castelo, e agora preciso retomar o segundo corredor do começo e brinco assim com o trabalho e multiplico-o e rio comigo mesmo e me alegro e fico tonto de tanto trabalho, mas não desisto dele. Foi por causa de vocês, ó corredores e praças, e sobretudo você, ó praça a praça do castelo. Agora já não há trabalho, agora a coisa toda rola e fui quase sozinha para baixo. Enfim na minha praça do castelo! Enfim posso descansar. Tudo está inalterado, nenhuma desgraça maior parece ter acontecido, os pequenos danos que noto à primeira vista logo serão reparados. Antes só é preciso fazer a longa caminhada pelos corredores, mas isso não é problema, isso é bater um papo com amigos, como eu fazia nos velhos tempos ou – ainda não sou tão velho, mas para muitas coisas a memória já se turva completamente – como eu fazia ou como, segundo ouvi, costumava acontecer. Começo agora pelo segundo corredor, delíberadamente devagar depois de ter visto a praça do castelo, tenho um tempo infinito, sempre tenho um tempo infinito dentro da construção, pois tudo o que faço lá dentro é bom e importante e de certa forma me sacia. Começo pelo segundo corredor e interrompo a inspeção no meio e passo para o terceiro corredor e deixo ele me conduzir de volta até a praça do castelo, e agora preciso retomar o segundo corredor do começo e brinco assim com o trabalho e multiplico-o e rio comigo mesmo e me alegro e fico tonto de tanto trabalho, mas não desisto dele. Foi por causa de vocês, ó corredores e praças, e sobretudo você, ó praça do castelo, que eu vim, achei que minha vida não valia nada depois de ter sido por tanto tempo tolo de tremer por causa dela e custar a voltar para vocês. De que me importa o perigo, agora que estou com vocês? Vocês pertencem a mim e eu a vocês, estamos unidos, o que pode nos acontecer? Pode ser que as criaturas já estejam se amontoando lá em cima e o focinho que vai perfurar o musgo já esteja pronto. Com sua mudez e seu vazio, a construção agora também me acolhe e reitera aquilo que digo.

Agora, no entanto, sou tomado por certa indolência e me encolho um pouco numa praça que está entre as minhas preferidas, ainda estou longe de ter inspecionado tudo, mas ainda quero sim seguir inspecionando até terminar, não quero dormir aqui, só cedo à tentação de me instalar como se quisesse dormir, quero verificar se a coisa aqui ainda funciona como antes. Funciona, mas o que não funciona é ter de me desvencilhar, e aqui permaneço num sono profundo. Devo ter dormido por muito tempo, só desperto daquele último sono que se dissolve sozinho, o sono já deve estar muito leve a essa altura, pois um sibilo quase inaudível me desperta. Entendo imediatamente: as criaturinhas, pouquíssimo vigiadas por mim, do castelo, que eu vim, achei que minha vida não valia nada depois de ter sido por tanto tempo tolo de tremer por causa dela e custar a voltar para vocês. De que me importa o perigo, agora que estou com vocês? Vocês pertencem a mim e eu a vocês, estamos unidos, o que pode nos acontecer? Pode ser que as criaturas já estejam se amontoando lá em cima e o focinho que vai perfurar o musgo já esteja pronto. Com sua mudez e seu vazio, a construção agora também me acolhe e reitera aquilo que digo.

Agora, no entanto, sou tomado por certa indolência e me encolho um pouco numa praça que está entre as minhas preferidas, ainda estou longe de ter inspecionado tudo, mas ainda quero sim seguir inspecionando até terminar, não quero dormir aqui, só cedo à tentação de me instalar como se quisesse dormir, quero verificar se a coisa aqui ainda funciona como antes. Funciona, mas o que não funciona é ter de me desvencilhar, e aqui permaneço num sono profundo. Devo ter dormido por muito tempo, só desperto daquele último sono que se dissolve sozinho, o sono já deve estar muito leve a essa altura, pois um sibilo quase inaudível me desperta. Entendo imediatamente: as criaturinhas, pouquíssimo vigiadas por mim, muitíssimo poupadas por mim, na minha ausência cavaram um novo caminho em algum lugar, esse caminho se chocou com um antigo, formando uma bolha de ar que produz o ruído sibilante. Que povo mais ininterruptamente ativo, e que irritante sua diligência. Por meio de escavações experimentais, escutando atentamente as paredes do meu corredor, vou ter de determinar o ponto onde houve essa perturbação, para só então eliminar o ruído. Aliás, se a nova vala de alguma forma corresponde às proporções da construção, também pode ser bem-vinda como nova entrada de ar. Mas agora quero prestar mais atenção às pequenas criaturas do que prestei até agora, nenhuma delas deve ser poupada.

Como tenho muita prática nesse tipo de investigação, é provável que não dure muito e posso começar o trabalho imediatamente; na verdade ainda há outras tarefas a cumprir, mas essa é a mais urgente, deve haver silêncio nos meus corredores. Esse ruído, aliás, até que é inofensivo; realmente não o ouvi quando cheguei, embora com certeza já estivesse presente; só o ouvi quando voltei a me sentir em casa, em certa medida ele só é audível aos ouvidos do verdadeiro dono da casa no exercício muitíssimo poupadas por mim, na minha ausência cavaram um novo caminho em algum lugar, esse caminho se chocou com um antigo, formando uma bolha de ar que produz o ruído sibilante. Que povo mais ininterruptamente ativo, e que irritante sua diligência. Por meio de escavações experimentais, escutando atentamente as paredes do meu corredor, vou ter de determinar o ponto onde houve essa perturbação, para só então eliminar o ruído. Aliás, se a nova vala de alguma forma corresponde às proporções da construção, também pode ser bem-vinda como nova entrada de ar. Mas agora quero prestar mais atenção às pequenas criaturas do que prestei até agora, nenhuma delas deve ser poupada.

Como tenho muita prática nesse tipo de investigação, é provável que não dure muito e posso começar o trabalho imediatamente; na verdade ainda há outras tarefas a cumprir, mas essa é a mais urgente, deve haver silêncio nos meus corredores. Esse ruído, aliás, até que é inofensivo; realmente não o ouvi quando cheguei, embora com certeza já estivesse presente; só o ouvi quando voltei a me sentir em casa, em certa medida ele só é audível aos ouvidos do verdadeiro dono da casa no exercício de sua função. E não é nem sequer constante, como costumam ser outros ruídos assim, faz longas pausas, e isso se deve claramente a um represamento da corrente de ar. Começo a investigação, mas não consigo encontrar o ponto onde é preciso intervir, até faço algumas escavações, mas completamente ao acaso, é claro que disso não resulta nada e o grande trabalho de escavação e o trabalho ainda maior de aterro e nivelamento são infrutíferos. Não consigo me aproximar do local do ruído, sempre fraco, ele soa em intervalos regulares, às vezes como um sibilo, às vezes como um assobio. Por ora eu poderia deixar isso de lado, na verdade me incomoda bastante, mas praticamente não há dúvidas quanto à procedência do ruído, conforme minhas conjecturas, e portanto ele dificilmente ficará mais forte, pelo contrário, também pode acontecer – embora até agora eu nunca tenha esperado tanto – que tais ruídos desapareçam sozinhos com o passar do tempo devido ao trabalho continuado dos pequenos escavadores e, de qualquer forma, muitas vezes um acaso conduz facilmente à trilha da perturbação, enquanto uma busca sistemática pode passar um bom tempo sem dar em nada. Assim me consolo e sem dúvida prefiro seguir vagueando pelos corredores e visitando as de sua função. E não é nem sequer constante, como costumam ser outros ruídos assim, faz longas pausas, e isso se deve claramente a um represamento da corrente de ar. Começo a investigação, mas não consigo encontrar o ponto onde é preciso intervir, até faço algumas escavações, mas completamente ao acaso, é claro que disso não resulta nada e o grande trabalho de escavação e o trabalho ainda maior de aterro e nivelamento são infrutíferos. Não consigo me aproximar do local do ruído, sempre fraco, ele soa em intervalos regulares, às vezes como um sibilo, às vezes como um assobio. Por ora eu poderia deixar isso de lado, na verdade me incomoda bastante, mas praticamente não há dúvidas quanto à procedência do ruído, conforme minhas conjecturas, e portanto ele dificilmente ficará mais forte, pelo contrário, também pode acontecer – embora até agora eu nunca tenha esperado tanto – que tais ruídos desapareçam sozinhos com o passar do tempo devido ao trabalho continuado dos pequenos escavadores e, de qualquer forma, muitas vezes um acaso conduz facilmente à trilha da perturbação, enquanto uma busca sistemática pode passar um bom tempo sem dar em nada. Assim me consolo e sem dúvida prefiro seguir vagueando pelos corredores e visitando as praças, muitas das quais nunca mais revi, e entre uma coisa e outra sempre dou uma volta pela praça do castelo, mas o assunto não me dá trégua, preciso seguir procurando. Muito tempo, essas criaturinhas me tomam muito tempo, que poderia ser melhor empregado. Nessas ocasiões, em geral é o problema técnico que me atrai, por exemplo, depois de escutar o ruído que meu ouvido está treinado para distinguir em todas as suas sutilezas, imagino sua origem com muita precisão, a ponto de conseguir esboçá-la, e então sou impelido a verificar se a realidade corresponde a esse esboço. E tenho boas razões para isso, pois enquanto não obtenho evidências conclusivas, não consigo me sentir seguro, mesmo que possa se tratar apenas de saber para onde vai rolar um grão de areia que cai de uma parede. E, pensando assim, mesmo um ruído desses não é um assunto sem importância. Mas, importante ou não, por mais que eu procure, não encontro nada, ou melhor: encontro coisas demais. Isso tinha que acontecer bem na minha praça preferida, penso, me afasto bastante de lá, estou quase no meio do caminho até a próxima praça, a coisa toda na verdade é uma piada, como se eu quisesse provar que não era só minha praça preferida que me causava essa perturbação, mas, em vez disso, que também há praças, muitas das quais nunca mais revi, e entre uma coisa e outra sempre dou uma volta pela praça do castelo, mas o assunto não me dá trégua, preciso seguir procurando. Muito tempo, essas criaturinhas me tomam muito tempo, que poderia ser melhor empregado. Nessas ocasiões, em geral é o problema técnico que me atrai, por exemplo, depois de escutar o ruído que meu ouvido está treinado para distinguir em todas as suas sutilezas, imagino sua origem com muita precisão, a ponto de conseguir esboçá-la, e então sou impelido a verificar se a realidade corresponde a esse esboço. E tenho boas razões para isso, pois enquanto não obtenho evidências conclusivas, não consigo me sentir seguro, mesmo que possa se tratar apenas de saber para onde vai rolar um grão de areia que cai de uma parede. E, pensando assim, mesmo um ruído desses não é um assunto sem importância. Mas, importante ou não, por mais que eu procure, não encontro nada, ou melhor: encontro coisas demais. Isso tinha que acontecer bem na minha praça preferida, penso, me afasto bastante de lá, estou quase no meio do caminho até a próxima praça, a coisa toda na verdade é uma piada, como se eu quisesse provar que não era só minha praça preferida que me causava essa perturbação, mas, em vez disso, que também há perturbações em outros lugares, e começo a escutar sorrindo, mas logo deixo de sorrir, já que, na verdade, o mesmo sibilo também está aqui. Não é nada, às vezes acho que ninguém além de mim conseguiria ouvi-lo, é claro que agora o ouço cada vez mais nítido, com os ouvidos aguçados pela prática, embora na verdade seja exatamente o mesmo ruído por toda parte, conforme enfim me convenço por meio de uma comparação. Ele também não fica mais forte, como noto quando o escuto no meio do corredor, sem encostar a orelha na parede. Então, só com muito esforço, ou até com certa imersão, consigo aqui e ali, mais do que ouvi-lo, imaginar o vestígio de um som. Mas justo essa uniformidade do ruído em todos os lugares é o que mais me perturba, pois não corresponde a minha hipótese inicial. Se eu tivesse acertado a causa do ruído, ele teria de irradiar com força máxima de um ponto determinado, que seria preciso encontrar, e a partir daí se tornaria cada vez mais baixo. Mas se minha explicação não estava certa, de que se tratava, então? Restava ainda a possibilidade de haver dois centros de ruído, até agora eu só teria ouvido os dois centros de longe e, conforme eu me aproximasse de um centro, os ruídos dele cresceriam, mas aí os ruídos do outro centro decresceriam, por isso perturbações em outros lugares, e começo a escutar sorrindo, mas logo deixo de sorrir, já que, na verdade, o mesmo sibilo também está aqui. Não é nada, às vezes acho que ninguém além de mim conseguiria ouvi-lo, é claro que agora o ouço cada vez mais nítido, com os ouvidos aguçados pela prática, embora na verdade seja exatamente o mesmo ruído por toda parte, conforme enfim me convenço por meio de uma comparação. Ele também não fica mais forte, como noto quando o escuto no meio do corredor, sem encostar a orelha na parede. Então, só com muito esforço, ou até com certa imersão, consigo aqui e ali, mais do que ouvi-lo, imaginar o vestígio de um som. Mas justo essa uniformidade do ruído em todos os lugares é o que mais me perturba, pois não corresponde a minha hipótese inicial. Se eu tivesse acertado a causa do ruído, ele teria de irradiar com força máxima de um ponto determinado, que seria preciso encontrar, e a partir daí se tornaria cada vez mais baixo. Mas se minha explicação não estava certa, de que se tratava, então? Restava ainda a possibilidade de haver dois centros de ruído, até agora eu só teria ouvido os dois centros de longe e, conforme eu me aproximasse de um centro, os ruídos dele cresceriam, mas aí os ruídos do outro centro decresceriam, por isso o resultado geral para o ouvido seguiria praticamente o mesmo. Enquanto ouvia com atenção, já quase acreditava reconhecer, ainda que de modo muito confuso, diferenças de som que correspondiam à nova hipótese. Em todo caso, eu tinha de alargar e muito a área de pesquisa em relação ao que eu tinha feito até então. Por isso, desço pelo corredor até a praça do castelo e lá me ponho a escutar. Curioso, o mesmo ruído também aqui. Bem, é um ruído produzido pelas escavações de certos animais insignificantes, que aproveitaram de modo infame o tempo da minha ausência, em todo caso eles não têm nenhuma intenção de se voltar contra mim, só estão ocupados com sua obra e, enquanto um obstáculo não se impõe no seu caminho, mantêm a direção que um dia tomaram, sei de tudo isso, entretanto não consigo entender como ousaram se aproximar da praça do castelo, isso me deixa agitado e confunde minha razão, que é tão importante para o trabalho. Quanto a isso, não quero fazer distinções: se o que desencorajou os escavadores foi a profundidade considerável em que se encontra a praça do castelo, se foi sua grande extensão e a forte circulação de ar a ela correspondente, ou se por alguma notícia que penetrou seus espíritos embotados ficaram o resultado geral para o ouvido seguiria praticamente o mesmo. Enquanto ouvia com atenção, já quase acreditava reconhecer, ainda que de modo muito confuso, diferenças de som que correspondiam à nova hipótese. Em todo caso, eu tinha de alargar e muito a área de pesquisa em relação ao que eu tinha feito até então. Por isso, desço pelo corredor até a praça do castelo e lá me ponho a escutar. Curioso, o mesmo ruído também aqui. Bem, é um ruído produzido pelas escavações de certos animais insignificantes, que aproveitaram de modo infame o tempo da minha ausência, em todo caso eles não têm nenhuma intenção de se voltar contra mim, só estão ocupados com sua obra e, enquanto um obstáculo não se impõe no seu caminho, mantêm a direção que um dia tomaram, sei de tudo isso, entretanto não consigo entender como ousaram se aproximar da praça do castelo, isso me deixa agitado e confunde minha razão, que é tão importante para o trabalho. Quanto a isso, não quero fazer distinções: se o que desencorajou os escavadores foi a profundidade considerável em que se encontra a praça do castelo, se foi sua grande extensão e a forte circulação de ar a ela correspondente, ou se por alguma notícia que penetrou seus espíritos embotados ficaram sabendo do simples fato de que aquela era a praça do castelo, a solenidade do lugar, seja como for, até então eu nunca tinha observado escavações nas paredes da praça do castelo. Vinham, sim, animais aos montes, atraídos pelas fortes emanações, aqui tive minhas melhores caçadas; eles haviam escavado um caminho de algum ponto lá em cima até meus corredores e, aflitos mas sob o efeito de uma atração poderosa, desciam correndo pelos corredores. Agora, no entanto, eles estavam cavando também as paredes. Se eu tivesse ao menos levado a cabo os planos mais importantes de minha juventude e mocidade ou, antes, tivesse tido a força para levá-los a cabo, porque vontade não me faltava. Um dos meus planos preferidos consistia em desligar a praça do castelo da terra circundante, isto é, manter seus muros numa espessura mais ou menos correspondente a minha altura, mas, para além disso, criar em torno da praça do castelo, exceto por uma pequena fundação que infelizmente não poderia ser desligada da terra, uma cavidade da mesma extensão do muro. Nessa cavidade, sempre imaginei – e não devia estar enganado – a mais bela morada que poderia existir para mim. Pender ali dessa curva, me alçar para cima, deslizar para baixo, dar uma cambalhota e ter de novo o chão sob os pés, sabendo do simples fato de que aquela era a praça do castelo, a solenidade do lugar, seja como for, até então eu nunca tinha observado escavações nas paredes da praça do castelo. Vinham, sim, animais aos montes, atraídos pelas fortes emanações, aqui tive minhas melhores caçadas; eles haviam escavado um caminho de algum ponto lá em cima até meus corredores e, aflitos mas sob o efeito de uma atração poderosa, desciam correndo pelos corredores. Agora, no entanto, eles estavam cavando também as paredes. Se eu tivesse ao menos levado a cabo os planos mais importantes de minha juventude e mocidade ou, antes, tivesse tido a força para levá-los a cabo, porque vontade não me faltava. Um dos meus planos preferidos consistia em desligar a praça do castelo da terra circundante, isto é, manter seus muros numa espessura mais ou menos correspondente a minha altura, mas, para além disso, criar em torno da praça do castelo, exceto por uma pequena fundação que infelizmente não poderia ser desligada da terra, uma cavidade da mesma extensão do muro. Nessa cavidade, sempre imaginei – e não devia estar enganado – a mais bela morada que poderia existir para mim. Pender ali dessa curva, me alçar para cima, deslizar para baixo, dar uma cambalhota e ter de novo o chão sob os pés, brincar de todas essas brincadeiras literalmente sobre o corpo da praça do castelo, e não em seu verdadeiro espaço; poder evitar a praça do castelo, deixar os olhos descansarem dela, adiar para uma ocasião posterior o prazer de vê-la, e ainda assim não ter de prescindir dela, mas sim segurá-la bem firme entre as garras, o que é impossível quando só se tem aquele único e habitual acesso livre até ela; mas, sobretudo, conseguir vigiá-la, ser ressarcido pelo fato de ser privado de vê-la de tal modo que, se fosse preciso escolher entre a permanência na praça do castelo ou na cavidade, a cavidade fosse a escolhida pelo resto da vida, para só ficar passeando por ali, de cima a baixo, protegendo a praça do castelo. Então não haveria ruído nas paredes, escavações impertinentes até a praça, ali a paz estaria garantida e eu seria seu guardião, não teria que ficar escutando contrariado as escavações das criaturinhas, em vez disso ficaria encantado com uma coisa que agora me escapa completamente: o som do silêncio na praça do castelo. Mas todo esse encanto não existe agora e preciso ir ao trabalho, quase sou forçado a me alegrar que ele esteja agora numa relação direta com a praça do castelo, pois ela me estimula. É claro que, como se verifica cada vez mais, preciso de todas as minhas forças para esse brincar de todas essas brincadeiras literalmente sobre o corpo da praça do castelo, e não em seu verdadeiro espaço; poder evitar a praça do castelo, deixar os olhos descansarem dela, adiar para uma ocasião posterior o prazer de vê-la, e ainda assim não ter de prescindir dela, mas sim segurá-la bem firme entre as garras, o que é impossível quando só se tem aquele único e habitual acesso livre até ela; mas, sobretudo, conseguir vigiá-la, ser ressarcido pelo fato de ser privado de vê-la de tal modo que, se fosse preciso escolher entre a permanência na praça do castelo ou na cavidade, a cavidade fosse a escolhida pelo resto da vida, para só ficar passeando por ali, de cima a baixo, protegendo a praça do castelo. Então não haveria ruído nas paredes, escavações impertinentes até a praça, ali a paz estaria garantida e eu seria seu guardião, não teria que ficar escutando contrariado as escavações das criaturinhas, em vez disso ficaria encantado com uma coisa que agora me escapa completamente: o som do silêncio na praça do castelo. Mas todo esse encanto não existe agora e preciso ir ao trabalho, quase sou forçado a me alegrar que ele esteja agora numa relação direta com a praça do castelo, pois ela me estimula. É claro que, como se verifica cada vez mais, preciso de todas as minhas forças para esse trabalho, que a princípio parecia bem insignificante. Escuto agora as paredes da praça do castelo, e onde quer que escute, em cima ou embaixo, nas paredes ou no chão, nas entradas ou por dentro, em toda parte, em toda parte há o mesmo ruído. E quanto tempo, quanta concentração requer essa longa escuta do ruído intermitente. O que pode oferecer um pequeno consolo e autoiludir, se for o caso, é que, devido a sua dimensão, aqui na praça do castelo, quando se afasta o ouvido do chão não se ouve nada, ao contrário do que acontece nos corredores. Só para descansar, para refletir comigo mesmo, faço muitas vezes esses experimentos, me esforço para escutar e fico feliz de não ouvir nada. Mas de resto, o que foi que aconteceu? Diante desse fenômeno, minhas primeiras hipóteses são completamente falhas. Mas logo tenho que recusar também outras hipóteses que se apresentam a mim. Poderiam pensar que o que ouço são justamente as criaturinhas em ação. Mas isso contrariaria toda a experiência; não posso de repente começar a ouvir o que nunca ouvi, embora sempre tenha estado presente. Minha sensibilidade a perturbações pode ter se tornado maior com os anos na construção, mas minha audição não se tornou de modo algum mais aguçada. É da natureza das trabalho, que a princípio parecia bem insignificante. Escuto agora as paredes da praça do castelo, e onde quer que escute, em cima ou embaixo, nas paredes ou no chão, nas entradas ou por dentro, em toda parte, em toda parte há o mesmo ruído. E quanto tempo, quanta concentração requer essa longa escuta do ruído intermitente. O que pode oferecer um pequeno consolo e autoiludir, se for o caso, é que, devido a sua dimensão, aqui na praça do castelo, quando se afasta o ouvido do chão não se ouve nada, ao contrário do que acontece nos corredores. Só para descansar, para refletir comigo mesmo, faço muitas vezes esses experimentos, me esforço para escutar e fico feliz de não ouvir nada. Mas de resto, o que foi que aconteceu? Diante desse fenômeno, minhas primeiras hipóteses são completamente falhas. Mas logo tenho que recusar também outras hipóteses que se apresentam a mim. Poderiam pensar que o que ouço são justamente as criaturinhas em ação. Mas isso contrariaria toda a experiência; não posso de repente começar a ouvir o que nunca ouvi, embora sempre tenha estado presente. Minha sensibilidade a perturbações pode ter se tornado maior com os anos na construção, mas minha audição não se tornou de modo algum mais aguçada. É da natureza das criaturinhas que não sejam ouvidas, ou eu jamais as teria tolerado; sob o risco de morrer de fome, eu as teria exterminado. Mas, talvez, e esse pensamento também invade minha cabeça, trate-se de um animal que ainda não conheço. É possível; mesmo que eu venha observando a vida aqui embaixo já há bastante tempo e com atenção suficiente, o mundo é diverso e o que não falta são surpresas desagradáveis. Mas não poderia ser um único animal, teria de ser uma grande horda, que de repente teria invadido meu território, uma grande horda de pequenos animais, que, por serem audíveis, podem até superar as criaturinhas, mas as ultrapassam por muito pouco, pois o ruído de seu trabalho é, em si, reduzido. Poderiam ser, portanto, animais desconhecidos, uma horda em peregrinação, apenas de passagem, que me incomodam, mas cujo cortejo logo vai terminar. De modo que eu poderia na verdade esperar e não precisaria fazer nenhum trabalho que fosse, em última análise, supérfluo. Mas se são animais desconhecidos, por que não consigo vê-los? Já fiz muitas escavações para apanhar um deles, mas não encontro nenhum. Ocorre-me que talvez sejam animais minúsculos, muito menores do que os que conheço, e que só o ruído que fazem seja maior. Por isso analiso a terra escavada, jogo criaturinhas que não sejam ouvidas, ou eu jamais as teria tolerado; sob o risco de morrer de fome, eu as teria exterminado. Mas, talvez, e esse pensamento também invade minha cabeça, trate-se de um animal que ainda não conheço. É possível; mesmo que eu venha observando a vida aqui embaixo já há bastante tempo e com atenção suficiente, o mundo é diverso e o que não falta são surpresas desagradáveis. Mas não poderia ser um único animal, teria de ser uma grande horda, que de repente teria invadido meu território, uma grande horda de pequenos animais, que, por serem audíveis, podem até superar as criaturinhas, mas as ultrapassam por muito pouco, pois o ruído de seu trabalho é, em si, reduzido. Poderiam ser, portanto, animais desconhecidos, uma horda em peregrinação, apenas de passagem, que me incomodam, mas cujo cortejo logo vai terminar. De modo que eu poderia na verdade esperar e não precisaria fazer nenhum trabalho que fosse, em última análise, supérfluo. Mas se são animais desconhecidos, por que não consigo vê-los? Já fiz muitas escavações para apanhar um deles, mas não encontro nenhum. Ocorre-me que talvez sejam animais minúsculos, muito menores do que os que conheço, e que só o ruído que fazem seja maior. Por isso analiso a terra escavada, jogo os torrões para cima, a fim de que se desfaçam em minúsculos pedacinhos, mas aqueles que fazem barulho não estão entre eles. Aos poucos, reconheço que não vou conseguir nada com essas pequenas escavações casuais, desse jeito só estou revolvendo as paredes da minha construção, escarafunchando com pressa aqui e ali, não tenho tempo de tapar os buracos, em muitos pontos já há montes de terra que obstruem o caminho e a vista, é claro que tudo isso não passa de um incômodo marginal, agora não posso nem passear, nem sondar os arredores, nem descansar, já adormeci várias vezes por um tempinho em um buraco qualquer durante o trabalho, uma das patas cravada na terra acima de mim, de onde, no último semissono, quis arrancar um pedaço. Agora vou mudar de método. Vou construir uma grande e autêntica vala na direção do ruído e não vou parar de cavar até que, ignorando todas as teorias, encontre a verdadeira causa do ruído. Então vou eliminá-la se estiver a meu alcance, mas se não estiver, ao menos terei certeza. Essa certeza vai me trazer ou tranquilidade ou desespero, mas seja como for, uma coisa ou outra, vai ser indubitável e legítima. Essa decisão me faz bem, tudo o que fiz até agora me parece afobado; na euforia do regresso, quando ainda os torrões para cima, a fim de que se desfaçam em minúsculos pedacinhos, mas aqueles que fazem barulho não estão entre eles. Aos poucos, reconheço que não vou conseguir nada com essas pequenas escavações casuais, desse jeito só estou revolvendo as paredes da minha construção, escarafunchando com pressa aqui e ali, não tenho tempo de tapar os buracos, em muitos pontos já há montes de terra que obstruem o caminho e a vista, é claro que tudo isso não passa de um incômodo marginal, agora não posso nem passear, nem sondar os arredores, nem descansar, já adormeci várias vezes por um tempinho em um buraco qualquer durante o trabalho, uma das patas cravada na terra acima de mim, de onde, no último semissono, quis arrancar um pedaço. Agora vou mudar de método. Vou construir uma grande e autêntica vala na direção do ruído e não vou parar de cavar até que, ignorando todas as teorias, encontre a verdadeira causa do ruído. Então vou eliminá-la se estiver a meu alcance, mas se não estiver, ao menos terei certeza. Essa certeza vai me trazer ou tranquilidade ou desespero, mas seja como for, uma coisa ou outra, vai ser indubitável e legítima. Essa decisão me faz bem, tudo o que fiz até agora me parece afobado; na euforia do regresso, quando ainda não estava livre das preocupações do mundo de cima nem havia assimilado completamente a paz da construção, hipersensibilizado por ter tido de passar tanto tempo sem ela, deixei-me levar por um fenômeno reconhecidamente peculiar. O que é isso, afinal? Um leve sibilo, audível apenas a longos intervalos, um nada ao qual não quero dizer que seria possível acostumar-se, não, acostumar-se com isso seria impossível, mas que seria possível observar por um tempo, sem de imediato fazer alguma coisa contra ele, observar, isto é, parar para ouvi-lo de quando em quando, com um intervalo de algumas horas, e registrar pacientemente o resultado, mas sem arrastar o ouvido ao longo da parede como eu e rasgar a terra quase sempre que o ruído se torna audível, não para encontrar alguma coisa de fato, mas para fazer alguma coisa compatível com a inquietação interna. Agora isso vai mudar, espero. E depois já não espero – de olhos fechados admito a mim mesmo, furioso –, pois a inquietação continua tremendo dentro de mim há horas, e se a razão não me impedisse, eu talvez preferisse começar a escavar em um ponto qualquer, independente de alguma coisa ali ser audível ou não, de modo obtuso e pertinaz, só por escavar, quase como as pequenas criaturas que ou cavam não estava livre das preocupações do mundo de cima nem havia assimilado completamente a paz da construção, hipersensibilizado por ter tido de passar tanto tempo sem ela, deixei-me levar por um fenômeno reconhecidamente peculiar. O que é isso, afinal? Um leve sibilo, audível apenas a longos intervalos, um nada ao qual não quero dizer que seria possível acostumar-se, não, acostumar-se com isso seria impossível, mas que seria possível observar por um tempo, sem de imediato fazer alguma coisa contra ele, observar, isto é, parar para ouvi-lo de quando em quando, com um intervalo de algumas horas, e registrar pacientemente o resultado, mas sem arrastar o ouvido ao longo da parede como eu e rasgar a terra quase sempre que o ruído se torna audível, não para encontrar alguma coisa de fato, mas para fazer alguma coisa compatível com a inquietação interna. Agora isso vai mudar, espero. E depois já não espero – de olhos fechados admito a mim mesmo, furioso –, pois a inquietação continua tremendo dentro de mim há horas, e se a razão não me impedisse, eu talvez preferisse começar a escavar em um ponto qualquer, independente de alguma coisa ali ser audível ou não, de modo obtuso e pertinaz, só por escavar, quase como as pequenas criaturas que ou cavam completamente sem propósito ou só porque comem terra. O novo plano é racional e, ao mesmo tempo que me atrai, não me atrai. Não há objeções a ele, ou ao menos não que eu saiba; até onde entendo, ele deve conduzir ao objetivo. E, entretanto, no fundo não acredito nele, acredito tão pouco nele que não chego nem a temer as atrocidades que possam dele resultar, nem sequer acredito em um resultado atroz, sim, parece-me que desde a primeira aparição do ruído vinha pensando nesse tipo de escavação consistente, e só não comecei o trabalho ainda por não ter confiança o bastante para fazê-lo. Ainda assim, é claro que vou começar a vala, é a única possibilidade que me resta, mas não vou começar de imediato, vou adiar um pouco o trabalho; se for para restaurar a honra da minha inteligência, isso deve acontecer por completo, não vou me precipitar nesse trabalho. Em todo caso, vou primeiro reparar os danos que causei à construção com meu trabalho de escavação; isso vai me tomar bastante tempo, mas é necessário; se a nova vala realmente pretende conduzir a um objetivo, provavelmente será longa, e se não pretende conduzir a objetivo nenhum, será infinita, em todo caso esse trabalho implica que eu passe um período ainda mais longo distante da construção, mas não será tão mau quanto completamente sem propósito ou só porque comem terra. O novo plano é racional e, ao mesmo tempo que me atrai, não me atrai. Não há objeções a ele, ou ao menos não que eu saiba; até onde entendo, ele deve conduzir ao objetivo. E, entretanto, no fundo não acredito nele, acredito tão pouco nele que não chego nem a temer as atrocidades que possam dele resultar, nem sequer acredito em um resultado atroz, sim, parece-me que desde a primeira aparição do ruído vinha pensando nesse tipo de escavação consistente, e só não comecei o trabalho ainda por não ter confiança o bastante para fazê-lo. Ainda assim, é claro que vou começar a vala, é a única possibilidade que me resta, mas não vou começar de imediato, vou adiar um pouco o trabalho; se for para restaurar a honra da minha inteligência, isso deve acontecer por completo, não vou me precipitar nesse trabalho. Em todo caso, vou primeiro reparar os danos que causei à construção com meu trabalho de escavação; isso vai me tomar bastante tempo, mas é necessário; se a nova vala realmente pretende conduzir a um objetivo, provavelmente será longa, e se não pretende conduzir a objetivo nenhum, será infinita, em todo caso esse trabalho implica que eu passe um período ainda mais longo distante da construção, mas não será tão mau quanto aquele tempo que passei no mundo de cima; posso interromper o trabalho quando quiser e passar em casa para fazer uma visita, e mesmo que não faça isso, o ar da praça do castelo vai soprar na minha direção e me cercar enquanto trabalho, mas isso ainda envolveria um distanciamento da construção e uma entrega a um destino incerto, por isso quero deixar a construção em ordem, o que não quer dizer que, lutando por sua paz, eu mesmo a destruí sem a restabelecer prontamente. Então começo a cavar atirando a terra de volta para dentro dos buracos, um trabalho que conheço bem, que fiz inúmeras vezes, quase sem ter a consciência do trabalho, e que, sobretudo no que diz respeito à prensagem e ao nivelamento finais – não se trata de um mero autoelogio, apenas da verdade –, estou em condições de levar a cabo de modo insuperável. Mas dessa vez será difícil, estou distraído demais; no meio do trabalho sempre volto a pressionar o ouvido contra a parede, e escuto, e indiferente deixo a terra que mal foi levantada deslizar sob mim de volta pelo declive. Mal consigo dar os últimos retoques, que exigem mais atenção. Permanecem saliências horríveis e fissuras perturbadoras, sem falar que o velho traçado de uma parede assim remendada não quer ser restabelecido. Tento me consolar com o aquele tempo que passei no mundo de cima; posso interromper o trabalho quando quiser e passar em casa para fazer uma visita, e mesmo que não faça isso, o ar da praça do castelo vai soprar na minha direção e me cercar enquanto trabalho, mas isso ainda envolveria um distanciamento da construção e uma entrega a um destino incerto, por isso quero deixar a construção em ordem, o que não quer dizer que, lutando por sua paz, eu mesmo a destruí sem a restabelecer prontamente. Então começo a cavar atirando a terra de volta para dentro dos buracos, um trabalho que conheço bem, que fiz inúmeras vezes, quase sem ter a consciência do trabalho, e que, sobretudo no que diz respeito à prensagem e ao nivelamento finais – não se trata de um mero autoelogio, apenas da verdade –, estou em condições de levar a cabo de modo insuperável. Mas dessa vez será difícil, estou distraído demais; no meio do trabalho sempre volto a pressionar o ouvido contra a parede, e escuto, e indiferente deixo a terra que mal foi levantada deslizar sob mim de volta pelo declive. Mal consigo dar os últimos retoques, que exigem mais atenção. Permanecem saliências horríveis e fissuras perturbadoras, sem falar que o velho traçado de uma parede assim remendada não quer ser restabelecido. Tento me consolar com o fato de que se trata apenas de um trabalho provisório. Quando eu voltar e a paz tiver sido reinstaurada, melhorarei tudo de uma vez por todas, tudo será feito num instante. Sim, nos contos de fadas tudo acontece num instante e esse conforto faz parte dos contos de fadas. Melhor seria fazer um trabalho perfeito agora mesmo, muito mais útil do que ter de interrompê-lo o tempo todo, peregrinar pelos corredores e detectar novos focos de ruído; o que na verdade é muito fácil, porque não requer nada além de ficar parado num lugar qualquer e escutar. E faço outras descobertas inúteis. Às vezes me parece que o ruído foi interrompido, já que ele faz longas pausas, às vezes nem se ouve um sibilo como esse, de tanto que o próprio sangue palpita no ouvido, então duas pausas se fundem numa só e por um momento você acredita que o sibilo acabou de vez. Você não ouve mais nada, dá pulos, a vida toda passa por uma revolução, é como se tivessem aberto a fonte da qual jorra o silêncio da construção. Você tem o cuidado de não averiguar logo a descoberta, primeiro busca alguém a quem poderia confiá-la sem pestanejar; por isso galopa até a praça do castelo, lembra-se de que não come nada há muito tempo, já que despertou para a nova vida com tudo o que você é, arranca fato de que se trata apenas de um trabalho provisório. Quando eu voltar e a paz tiver sido reinstaurada, melhorarei tudo de uma vez por todas, tudo será feito num instante. Sim, nos contos de fadas tudo acontece num instante e esse conforto faz parte dos contos de fadas. Melhor seria fazer um trabalho perfeito agora mesmo, muito mais útil do que ter de interrompê-lo o tempo todo, peregrinar pelos corredores e detectar novos focos de ruído; o que na verdade é muito fácil, porque não requer nada além de ficar parado num lugar qualquer e escutar. E faço outras descobertas inúteis. Às vezes me parece que o ruído foi interrompido, já que ele faz longas pausas, às vezes nem se ouve um sibilo como esse, de tanto que o próprio sangue palpita no ouvido, então duas pausas se fundem numa só e por um momento você acredita que o sibilo acabou de vez. Você não ouve mais nada, dá pulos, a vida toda passa por uma revolução, é como se tivessem aberto a fonte da qual jorra o silêncio da construção. Você tem o cuidado de não averiguar logo a descoberta, primeiro busca alguém a quem poderia confiá-la sem pestanejar; por isso galopa até a praça do castelo, lembra-se de que não come nada há muito tempo, já que despertou para a nova vida com tudo o que você é, arranca de debaixo da terra uma coisa qualquer das provisões meio soterradas e, enquanto engole, volta correndo para o lugar da incrível descoberta; você quer se convencer mais uma vez da coisa e, a princípio só de passagem, de leve, enquanto come, você escuta, mas mesmo a escuta mais fugaz mostra na hora que você cometeu um erro vergonhoso; lá ao longe ele sibila, inabalável. E você cospe a comida e tem vontade de pisoteá-la no chão, e volta a seu trabalho, sem saber bem qual é, em algum lugar onde parece necessário, e há muitos lugares assim, é só começar a fazer alguma coisa mecanicamente, como se o supervisor tivesse chegado e fosse preciso encenar uma comédia para ele. Mas só de trabalhar um pouquinho dessa forma, pode acontecer de se fazer uma nova descoberta. O ruído parece ter se tornado mais forte, não muito mais forte, é claro, aqui se trata sempre de diferenças sutis, mas um pouco mais forte, sim, claramente perceptível aos ouvidos. E esse crescendo parece uma aproximação, você literalmente vê o passo com o qual ele se aproxima, com ainda mais clareza do que o ouve tornar-se mais forte. E salta de volta da parede, busca considerar de relance todas as possibilidades a que essa descoberta conduzirá. Você tem a sensação de que na verdade não de debaixo da terra uma coisa qualquer das provisões meio soterradas e, enquanto engole, volta correndo para o lugar da incrível descoberta; você quer se convencer mais uma vez da coisa e, a princípio só de passagem, de leve, enquanto come, você escuta, mas mesmo a escuta mais fugaz mostra na hora que você cometeu um erro vergonhoso; lá ao longe ele sibila, inabalável. E você cospe a comida e tem vontade de pisoteá-la no chão, e volta a seu trabalho, sem saber bem qual é, em algum lugar onde parece necessário, e há muitos lugares assim, é só começar a fazer alguma coisa mecanicamente, como se o supervisor tivesse chegado e fosse preciso encenar uma comédia para ele. Mas só de trabalhar um pouquinho dessa forma, pode acontecer de se fazer uma nova descoberta. O ruído parece ter se tornado mais forte, não muito mais forte, é claro, aqui se trata sempre de diferenças sutis, mas um pouco mais forte, sim, claramente perceptível aos ouvidos. E esse crescendo parece uma aproximação, você literalmente vê o passo com o qual ele se aproxima, com ainda mais clareza do que o ouve tornar-se mais forte. E salta de volta da parede, busca considerar de relance todas as possibilidades a que essa descoberta conduzirá. Você tem a sensação de que na verdade não arquitetou a construção para se proteger de um ataque; essa era a intenção, mas, apesar de toda a sua experiência de vida, o risco de um ataque e, por consequência, os dispositivos de defesa, pareciam remotos, ou (como isso seria possível!) não remotos, mas situados num grau muito inferior ao dos dispositivos para uma vida pacífica, que por isso foram privilegiados por toda parte na construção. Muita coisa poderia ter sido arquitetada nesse sentido sem perturbar o plano inicial, mas isso foi negligenciado de um modo realmente incompreensível. Tive muita sorte todos esses anos; a sorte me deixou mal-acostumado, estive inquieto, mas a inquietação dentro da sorte não leva a nada. O que poderia ser feito agora, antes de mais nada, no fundo seria inspecionar muito bem a construção no que diz respeito a sua defesa e em todas as suas possibilidades imagináveis; elaborar um plano de defesa e um plano de construção correspondente, e então começar logo o trabalho, com o vigor de um jovem. Esse seria o trabalho necessário, para o qual, diga-se de passagem, já é naturalmente tarde demais, mas seria esse o trabalho necessário, e não a escavação de uma grande vala experimental qualquer, que na verdade só tem o objetivo de me lançar, indefeso, com todas as minhas forças, arquitetou a construção para se proteger de um ataque; essa era a intenção, mas, apesar de toda a sua experiência de vida, o risco de um ataque e, por consequência, os dispositivos de defesa, pareciam remotos, ou (como isso seria possível!) não remotos, mas situados num grau muito inferior ao dos dispositivos para uma vida pacífica, que por isso foram privilegiados por toda parte na construção. Muita coisa poderia ter sido arquitetada nesse sentido sem perturbar o plano inicial, mas isso foi negligenciado de um modo realmente incompreensível. Tive muita sorte todos esses anos; a sorte me deixou mal-acostumado, estive inquieto, mas a inquietação dentro da sorte não leva a nada. O que poderia ser feito agora, antes de mais nada, no fundo seria inspecionar muito bem a construção no que diz respeito a sua defesa e em todas as suas possibilidades imagináveis; elaborar um plano de defesa e um plano de construção correspondente, e então começar logo o trabalho, com o vigor de um jovem. Esse seria o trabalho necessário, para o qual, diga-se de passagem, já é naturalmente tarde demais, mas seria esse o trabalho necessário, e não a escavação de uma grande vala experimental qualquer, que na verdade só tem o objetivo de me lançar, indefeso, com todas as minhas forças, no encalço do perigo, com o receio tolo de que ele não conseguiria, por conta própria, chegar rápido o bastante. De repente perco de vista meu plano inicial, não consigo encontrar nenhum traço de razão no que outrora parecia sensato, abandono de novo o trabalho e abandono também a escuta, não quero descobrir agora outras amplificações do ruído, estou farto das descobertas, abandono tudo, já ficaria satisfeito se conseguisse aplacar meu conflito interior. De novo me deixo levar por meus corredores, chego a pontos cada vez mais distantes, que foram mantidos fora de vista desde a minha volta, ainda de todo intocados por minhas patas escavadoras, cujo silêncio desperta com minha chegada e se abate sobre mim. Eu não me rendo, aperto o passo, não sei mais o que procuro, provavelmente só uma dilatação no tempo. Desvio tanto que chego até o labirinto, fico tentado a escutar pela cobertura de musgo; coisas assim distantes, tão distantes para o momento, prendem meu interesse. Penetro até lá em cima e escuto. Silêncio profundo; como é bom aqui, ninguém se preocupa com minha construção, cada um tem seus assuntos, que não têm relação comigo; como consegui chegar a isso? Aqui, junto à cobertura de musgo, talvez seja agora o único no encalço do perigo, com o receio tolo de que ele não conseguiria, por conta própria, chegar rápido o bastante. De repente perco de vista meu plano inicial, não consigo encontrar nenhum traço de razão no que outrora parecia sensato, abandono de novo o trabalho e abandono também a escuta, não quero descobrir agora outras amplificações do ruído, estou farto das descobertas, abandono tudo, já ficaria satisfeito se conseguisse aplacar meu conflito interior. De novo me deixo levar por meus corredores, chego a pontos cada vez mais distantes, que foram mantidos fora de vista desde a minha volta, ainda de todo intocados por minhas patas escavadoras, cujo silêncio desperta com minha chegada e se abate sobre mim. Eu não me rendo, aperto o passo, não sei mais o que procuro, provavelmente só uma dilatação no tempo. Desvio tanto que chego até o labirinto, fico tentado a escutar pela cobertura de musgo; coisas assim distantes, tão distantes para o momento, prendem meu interesse. Penetro até lá em cima e escuto. Silêncio profundo; como é bom aqui, ninguém se preocupa com minha construção, cada um tem seus assuntos, que não têm relação comigo; como consegui chegar a isso? Aqui, junto à cobertura de musgo, talvez seja agora o único lugar de minha construção onde posso ficar horas a fio escutando, em vão. Uma inversão completa das circunstâncias da construção, o que era até então um lugar de perigo se tornou um lugar de paz, enquanto a praça do castelo foi arruinada por dentro com o barulho do mundo e seus perigos. Pior ainda, a verdade é que aqui também não há paz, nada mudou por aqui; seja silencioso ou barulhento, o perigo segue à espreita sobre o musgo como antes, fui eu que me tornei insensível a ele, tomado como estou pelo sibilo nas minhas paredes. Estou tomado por isso? Ele fica cada vez mais forte, aproxima-se cada vez mais, mas eu serpenteio pelo labirinto e acampo aqui em cima, sob o musgo; é quase como se eu já estivesse deixando a casa para aquele sibilante, contente de ter ao menos um pouco de tranquilidade aqui em cima. Para o sibilante? Será que tenho uma nova opinião sobre a origem do ruído? Afinal, o ruído não vinha dos sulcos escavados pelas criaturinhas? Não é essa minha opinião definitiva? Parece que ainda não a abandonei. E se não vem direto dos sulcos, vem de algum modo indireto. E se não tiver a menor relação com eles, a princípio não se pode concluir nada e é preciso esperar até que a origem seja realmente encontrada ou que ela mesma se mostre. É claro que também seria lugar de minha construção onde posso ficar horas a fio escutando, em vão. Uma inversão completa das circunstâncias da construção, o que era até então um lugar de perigo se tornou um lugar de paz, enquanto a praça do castelo foi arruinada por dentro com o barulho do mundo e seus perigos. Pior ainda, a verdade é que aqui também não há paz, nada mudou por aqui; seja silencioso ou barulhento, o perigo segue à espreita sobre o musgo como antes, fui eu que me tornei insensível a ele, tomado como estou pelo sibilo nas minhas paredes. Estou tomado por isso? Ele fica cada vez mais forte, aproxima-se cada vez mais, mas eu serpenteio pelo labirinto e acampo aqui em cima, sob o musgo; é quase como se eu já estivesse deixando a casa para aquele sibilante, contente de ter ao menos um pouco de tranquilidade aqui em cima. Para o sibilante? Será que tenho uma nova opinião sobre a origem do ruído? Afinal, o ruído não vinha dos sulcos escavados pelas criaturinhas? Não é essa minha opinião definitiva? Parece que ainda não a abandonei. E se não vem direto dos sulcos, vem de algum modo indireto. E se não tiver a menor relação com eles, a princípio não se pode concluir nada e é preciso esperar até que a origem seja realmente encontrada ou que ela mesma se mostre. É claro que também seria possível continuar brincando com suposições, seria possível dizer por exemplo que em algum lugar à distância deu-se uma infiltração de água e que aquilo que parece um sibilo ou um assobio seria na verdade um murmúrio. Mas ignorando-se o fato de que não tenho experiência nenhuma nesse assunto – logo desviei a água subterrânea que encontrei no começo e ela não voltou a aparecer nesse solo arenoso –, ignorando-se esse fato, é mesmo um assobio e não pode ser tomado por um murmúrio. Mas o que valem todas as exortações à calma; a imaginação não quer ficar parada e sigo de fato acreditando – é inútil negar isso a mim mesmo – que o sibilo vem de um só animal, não de muitos pequenos, mas de um único grande. Há muitas coisas que falam contra isso: que o ruído possa ser ouvido em toda parte, sempre na mesma intensidade, e além disso regularmente, dia e noite. Claro que o mais natural teria sido presumir a princípio que havia muitos pequenos animais, mas como eu deveria tê-los encontrado nas minhas escavações e não encontrei nada, só resta a hipótese de que exista um animal grande, sobretudo porque aquilo que parece contradizer essa hipótese são pontos que não tornam o animal impossível, mas sim, muito além disso, apenas perigoso para além do imaginável. Só por isso resisti a essa hipótese.

possível continuar brincando com suposições, seria possível dizer por exemplo que em algum lugar à distância deu-se uma infiltração de água e que aquilo que parece um sibilo ou um assobio seria na verdade um murmúrio. Mas ignorando-se o fato de que não tenho experiência nenhuma nesse assunto – logo desviei a água subterrânea que encontrei no começo e ela não voltou a aparecer nesse solo arenoso –, ignorando-se esse fato, é mesmo um assobio e não pode ser tomado por um murmúrio. Mas o que valem todas as exortações à calma; a imaginação não quer ficar parada e sigo de fato acreditando – é inútil negar isso a mim mesmo – que o sibilo vem de um só animal, não de muitos pequenos, mas de um único grande. Há muitas coisas que falam contra isso: que o ruído possa ser ouvido em toda parte, sempre na mesma intensidade, e além disso regularmente, dia e noite. Claro que o mais natural teria sido presumir a princípio que havia muitos pequenos animais, mas como eu deveria tê-los encontrado nas minhas escavações e não encontrei nada, só resta a hipótese de que exista um animal grande, sobretudo porque aquilo que parece contradizer essa hipótese são pontos que não tornam o animal impossível, mas sim, muito além disso, apenas perigoso para além do imaginável. Só por isso resisti a essa hipótese.

Desisto desse autoengano. Há muito brinco com a ideia de que por isso ele pode ser ouvido mesmo de uma longa distância – porque trabalha furiosamente, escava a terra tão rápido quanto um caminhante que encontra o caminho livre, a terra treme com sua escavação, mesmo quando ela já terminou, esse tremor posterior e o ruído do próprio trabalho se coadunam de muito longe e eu, que só ouço o desvanecer do ruído, ouço-o igual em toda parte. O fato de que o animal não vem até mim contribui para tanto, por isso o ruído não muda, o que existe na realidade é um plano cujo sentido me escapa, apenas suponho que o animal está me cercando – embora com isso não queira de modo algum sugerir que ele saiba de mim –, ao menos alguns círculos ele já traçou em volta da minha construção desde que comecei a observá-lo. E agora o ruído fica ainda mais forte, os círculos mais estreitos. A natureza do ruído, o sibilo ou assobio, me dá muito o que pensar. Quando arranho e atiro a terra a minha maneira, o som é bem diferente. Só consigo explicar o sibilo pelo fato de que a ferramenta principal do animal não são as garras, que talvez só o ajudem um pouco, mas o focinho ou a tromba, que aliás, para além de sua força evidentemente descomunal, também devem ser um tanto afiados. É provável

Desisto desse autoengano. Há muito brinco com a ideia de que por isso ele pode ser ouvido mesmo de uma longa distância – porque trabalha furiosamente, escava a terra tão rápido quanto um caminhante que encontra o caminho livre, a terra treme com sua escavação, mesmo quando ela já terminou, esse tremor posterior e o ruído do próprio trabalho se coadunam de muito longe e eu, que só ouço o desvanecer do ruído, ouço-o igual em toda parte. O fato de que o animal não vem até mim contribui para tanto, por isso o ruído não muda, o que existe na realidade é um plano cujo sentido me escapa, apenas suponho que o animal está me cercando – embora com isso não queira de modo algum sugerir que ele saiba de mim –, ao menos alguns círculos ele já traçou em volta da minha construção desde que comecei a observá-lo. E agora o ruído fica ainda mais forte, os círculos mais estreitos. A natureza do ruído, o sibilo ou assobio, me dá muito o que pensar. Quando arranho e atiro a terra a minha maneira, o som é bem diferente. Só consigo explicar o sibilo pelo fato de que a ferramenta principal do animal não são as garras, que talvez só o ajudem um pouco, mas o focinho ou a tromba, que aliás, para além de sua força evidentemente descomunal, também devem ser um tanto afiados. É provável que com um único e poderoso golpe ele perfure a terra com sua tromba e arranque fora um grande pedaço; nesse momento não ouço nada, essa é a pausa, mas então ele inspira de novo para dar mais um golpe; essa aspiração de ar, que deve ser um estrondo de estremecer a terra, não só pela força do animal mas também por sua pressa, seu entusiasmo com o trabalho, é esse barulho que depois escuto como um suave sibilo. Aliás, o que não entendo de todo é sua capacidade de trabalhar sem parar, talvez as pequenas pausas também envolvam a oportunidade de descansar bem pouquinho, mas parece que ainda não chegou a hora de um descanso longo de verdade; ele escava dia e noite, sempre com a mesma potência e frescor, tendo sempre em vista seu plano, a ser executado o mais rápido possível, e que ele tem todas as capacidades de concretizar. Ora, eu não poderia esperar por um adversário desses. Mas, sem pensar em suas particularidades, o que está acontecendo agora é algo que na verdade eu sempre deveria ter temido, algo contra o qual eu sempre deveria ter me precavido: alguém está se aproximando. Como pode ter acontecido de tudo ter transcorrido por tanto tempo de um modo tranquilo e feliz? Quem direcionou os caminhos dos inimigos de modo que com um único e poderoso golpe ele perfure a terra com sua tromba e arranque fora um grande pedaço; nesse momento não ouço nada, essa é a pausa, mas então ele inspira de novo para dar mais um golpe; essa aspiração de ar, que deve ser um estrondo de estremecer a terra, não só pela força do animal mas também por sua pressa, seu entusiasmo com o trabalho, é esse barulho que depois escuto como um suave sibilo.

Aliás, o que não entendo de todo é sua capacidade de trabalhar sem parar, talvez as pequenas pausas também envolvam a oportunidade de descansar bem pouquinho, mas parece que ainda não chegou a hora de um descanso longo de verdade; ele escava dia e noite, sempre com a mesma potência e frescor, tendo sempre em vista seu plano, a ser executado o mais rápido possível, e que ele tem todas as capacidades de concretizar. Ora, eu não poderia esperar por um adversário desses. Mas, sem pensar em suas particularidades, o que está acontecendo agora é algo que na verdade eu sempre deveria ter temido, algo contra o qual eu sempre deveria ter me precavido: alguém está se aproximando. Como pode ter acontecido de tudo ter transcorrido por tanto tempo de um modo tranquilo e feliz? Quem direcionou os caminhos dos inimigos de modo que eles fizessem grandes arcos em torno da minha propriedade? Por que fui protegido por tanto tempo, para agora ficar tão assustado? O que eram todos os pequenos perigos que eu passava o tempo todo ruminando, comparado a esse! Será que, como proprietário da construção, eu esperava ter vantagem sobre qualquer um que viesse? É justamente como proprietário desta obra grande e frágil que fico indefeso diante de qualquer ataque mais grave; a felicidade de sua posse me deixou mal-acostumado, a fragilidade da construção me tornou frágil, suas feridas doem em mim como se fossem minhas. Era exatamente isso que eu tinha de ter previsto, não pensar só na minha própria defesa – e eu mesmo fiz isso de modo leviano, sem sucesso algum –, mas sim na defesa da construção. Antes de tudo, era preciso tomar providências para que partes individuais da construção, e o maior número possível de partes individuais, pudessem ser isoladas quando atacadas por alguém, por meio de soterramentos das poucas partes prejudicadas, que seriam realizados o mais rápido possível, e que pudessem ser isoladas por tais massas de terra de modo tão eficaz que o invasor nem sequer suspeitaria que a construção verdadeira estava ali atrás. Além disso, esses soterramentos deveriam não só esconder a que eles fizessem grandes arcos em torno da minha propriedade? Por que fui protegido por tanto tempo, para agora ficar tão assustado? O que eram todos os pequenos perigos que eu passava o tempo todo ruminando, comparado a esse! Será que, como proprietário da construção, eu esperava ter vantagem sobre qualquer um que viesse? É justamente como proprietário desta obra grande e frágil que fico indefeso diante de qualquer ataque mais grave; a felicidade de sua posse me deixou mal-acostumado, a fragilidade da construção me tornou frágil, suas feridas doem em mim como se fossem minhas. Era exatamente isso que eu tinha de ter previsto, não pensar só na minha própria defesa – e eu mesmo fiz isso de modo leviano, sem sucesso algum –, mas sim na defesa da construção. Antes de tudo, era preciso tomar providências para que partes individuais da construção, e o maior número possível de partes individuais, pudessem ser isoladas quando atacadas por alguém, por meio de soterramentos das poucas partes prejudicadas, que seriam realizados o mais rápido possível, e que pudessem ser isoladas por tais massas de terra de modo tão eficaz que o invasor nem sequer suspeitaria que a construção verdadeira estava ali atrás. Além disso, esses soterramentos deveriam não só esconder a construção como também enterrar o invasor. Nunca fiz nenhuma experiência desse tipo, nada, absolutamente nada aconteceu nesse sentido, fui imprudente como uma criança, gastei meus anos de mocidade com brincadeiras infantis, mesmo quando pensava nos perigos eu só estava brincando, deixei de pensar de verdade nos perigos de verdade. E não faltaram alertas. Na certa, nada aconteceu que chegasse perto da situação atual, mas, ainda assim, alguma coisa semelhante aconteceu nos primeiros tempos da construção. A principal diferença era que se tratava dos primeiros tempos da construção. Naquela época, eu trabalhava literalmente como um pequeno aprendiz no primeiro corredor, o labirinto só tinha sido rascunhado de modo rudimentar, eu já tinha escavado uma pequena praça, mas ela tinha dado completamente errado, tanto na dimensão como no tratamento das paredes, em suma, tudo estava tão no começo que só podia valer como teste, como algo que poderia ser abandonado de repente sem remorsos se alguma hora acabasse a paciência. Foi aí que aconteceu de um dia, durante uma pausa de trabalho – sempre fiz muitas pausas de trabalho –, eu estar deitado entre meus montes de terra e de repente ouvir um ruído ao longe. Jovem como era, fiquei mais curioso do que construção como também enterrar o invasor. Nunca fiz nenhuma experiência desse tipo, nada, absolutamente nada aconteceu nesse sentido, fui imprudente como uma criança, gastei meus anos de mocidade com brincadeiras infantis, mesmo quando pensava nos perigos eu só estava brincando, deixei de pensar de verdade nos perigos de verdade. E não faltaram alertas. Na certa, nada aconteceu que chegasse perto da situação atual, mas, ainda assim, alguma coisa semelhante aconteceu nos primeiros tempos da construção. A principal diferença era que se tratava dos primeiros tempos da construção. Naquela época, eu trabalhava literalmente como um pequeno aprendiz no primeiro corredor, o labirinto só tinha sido rascunhado de modo rudimentar, eu já tinha escavado uma pequena praça, mas ela tinha dado completamente errado, tanto na dimensão como no tratamento das paredes, em suma, tudo estava tão no começo que só podia valer como teste, como algo que poderia ser abandonado de repente sem remorsos se alguma hora acabasse a paciência. Foi aí que aconteceu de um dia, durante uma pausa de trabalho – sempre fiz muitas pausas de trabalho –, eu estar deitado entre meus montes de terra e de repente ouvir um ruído ao longe. Jovem como era, fiquei mais curioso do que preocupado com aquilo. Parei de trabalhar e me pus a escutar, ao menos eu estava escutando e não correndo para debaixo da cobertura de musgo lá em cima, para esticar o corpo e não ter de escutar. Ao menos eu escutava. Conseguia identificar muito bem que se tratava de uma escavação semelhante à minha, soava talvez um pouco mais fraca, mas era impossível dizer o quanto disso se devia à distância. Estava interessado mas, no mais, frio e tranquilo. Talvez eu esteja em uma construção alheia, pensei, e o proprietário venha escavando em minha direção. Se essa hipótese tivesse se confirmado, eu teria me mudado para construir em outra parte, já que nunca tive sede de conquistas nem de ataques. Mas é claro que eu ainda era jovem e não tinha minha própria construção, por isso podia me manter frio e tranquilo. A sequência de acontecimentos também não me provocou maiores sobressaltos, mas interpretá-la não era fácil. Se aquele que estava cavando realmente ambicionava vir em minha direção por ter me ouvido cavar, então quando mudava de direção, como de fato estava acontecendo agora, ficava impossível determinar se ele fazia isso porque minhas pausas de trabalho lhe tiravam todas as pistas de qual caminho tomar ou se ele mesmo tinha alterado suas intenções. Mas talvez eu preocupado com aquilo. Parei de trabalhar e me pus a escutar, ao menos eu estava escutando e não correndo para debaixo da cobertura de musgo lá em cima, para esticar o corpo e não ter de escutar. Ao menos eu escutava. Conseguia identificar muito bem que se tratava de uma escavação semelhante à minha, soava talvez um pouco mais fraca, mas era impossível dizer o quanto disso se devia à distância. Estava interessado mas, no mais, frio e tranquilo. Talvez eu esteja em uma construção alheia, pensei, e o proprietário venha escavando em minha direção. Se essa hipótese tivesse se confirmado, eu teria me mudado para construir em outra parte, já que nunca tive sede de conquistas nem de ataques. Mas é claro que eu ainda era jovem e não tinha minha própria construção, por isso podia me manter frio e tranquilo. A sequência de acontecimentos também não me provocou maiores sobressaltos, mas interpretá-la não era fácil. Se aquele que estava cavando realmente ambicionava vir em minha direção por ter me ouvido cavar, então quando mudava de direção, como de fato estava acontecendo agora, ficava impossível determinar se ele fazia isso porque minhas pausas de trabalho lhe tiravam todas as pistas de qual caminho tomar ou se ele mesmo tinha alterado suas intenções. Mas talvez eu tivesse me enganado e ele nunca tivesse se dirigido francamente contra mim, em todo caso o ruído ainda se intensificou por um tempo, como se estivesse se aproximando, e eu, jovem que era, talvez não tivesse ficado nem um pouco infeliz com a ideia de ver o escavador de repente emergir da terra, mas não aconteceu nada disso, a partir de um determinado ponto a escavação começou a arrefecer, tornando-se cada vez mais silenciosa, como se o escavador desviasse aos poucos de sua direção original, e de repente ela cessou completamente, como se ele tivesse decidido tomar uma direção completamente contrária, deslocando-se em linha reta para longe de mim. Por muito tempo, ainda o ouvi no silêncio, até que retomei o trabalho. Nesse momento o alerta estava claro o bastante, mas logo o esqueci e ele mal teve influência nos meus planos de construção. Entre essa época e hoje está minha maturidade, mas não é como se não houvesse absolutamente nada entre uma coisa e outra?; sigo fazendo uma longa pausa no trabalho, escuto com o ouvido colado na parede e o escavador mudou de intenção mais uma vez, ele deu meia-volta, está voltando de sua viagem, acha que nesse meio-tempo me deu tempo o bastante para me preparar para recebê-lo. Mas, de minha parte, tudo está menos estruturado do tivesse me enganado e ele nunca tivesse se dirigido francamente contra mim, em todo caso o ruído ainda se intensificou por um tempo, como se estivesse se aproximando, e eu, jovem que era, talvez não tivesse ficado nem um pouco infeliz com a ideia de ver o escavador de repente emergir da terra, mas não aconteceu nada disso, a partir de um determinado ponto a escavação começou a arrefecer, tornando-se cada vez mais silenciosa, como se o escavador desviasse aos poucos de sua direção original, e de repente ela cessou completamente, como se ele tivesse decidido tomar uma direção completamente contrária, deslocando-se em linha reta para longe de mim. Por muito tempo, ainda o ouvi no silêncio, até que retomei o trabalho. Nesse momento o alerta estava claro o bastante, mas logo o esqueci e ele mal teve influência nos meus planos de construção. Entre essa época e hoje está minha maturidade, mas não é como se não houvesse absolutamente nada entre uma coisa e outra?; sigo fazendo uma longa pausa no trabalho, escuto com o ouvido colado na parede e o escavador mudou de intenção mais uma vez, ele deu meia-volta, está voltando de sua viagem, acha que nesse meio-tempo me deu tempo o bastante para me preparar para recebê-lo. Mas, de minha parte, tudo está menos estruturado do que naquela época, a grande construção segue lá, indefesa, já não sou um jovem aprendiz, e sim um velho mestre de obras, e as forças que ainda tenho falham quando chega a hora da decisão. Mas, por mais velho que eu seja, me parece que gostaria de ser ainda mais velho do que sou, tão velho que não pudesse mais me levantar de meu posto de repouso sob o musgo. Pois na verdade não suporto estar aqui, levanto-me e desço correndo para dentro de casa, como se, em vez de descanso, tivesse encontrado novas preocupações. Como as coisas estavam nos últimos tempos? O assobio tinha arrefecido? Não, ele tinha se tornado mais forte. Escuto em dez pontos aleatórios e noto claramente o engano, o assobio continua o mesmo, nada mudou. Lá em cima não há mudanças, lá é possível estar tranquilo e acima do tempo, enquanto aqui cada instante sacode quem ouve. E eu volto a percorrer o longo caminho até a praça do castelo, tudo a minha volta parece excitar-se comigo, parece olhar para mim, logo depois parece de novo desviar o olhar para não me perturbar e se esforça mais uma vez para ler na minha expressão as resoluções salvadoras. Faço que não com a cabeça, ainda não tenho resolução nenhuma. Também não vou até a praça do castelo, para ali executar algum plano que naquela época, a grande construção segue lá, indefesa, já não sou um jovem aprendiz, e sim um velho mestre de obras, e as forças que ainda tenho falham quando chega a hora da decisão. Mas, por mais velho que eu seja, me parece que gostaria de ser ainda mais velho do que sou, tão velho que não pudesse mais me levantar de meu posto de repouso sob o musgo. Pois na verdade não suporto estar aqui, levanto-me e desço correndo para dentro de casa, como se, em vez de descanso, tivesse encontrado novas preocupações. Como as coisas estavam nos últimos tempos? O assobio tinha arrefecido? Não, ele tinha se tornado mais forte. Escuto em dez pontos aleatórios e noto claramente o engano, o assobio continua o mesmo, nada mudou. Lá em cima não há mudanças, lá é possível estar tranquilo e acima do tempo, enquanto aqui cada instante sacode quem ouve. E eu volto a percorrer o longo caminho até a praça do castelo, tudo a minha volta parece excitar-se comigo, parece olhar para mim, logo depois parece de novo desviar o olhar para não me perturbar e se esforça mais uma vez para ler na minha expressão as resoluções salvadoras. Faço que não com a cabeça, ainda não tenho resolução nenhuma. Também não vou até a praça do castelo, para ali executar algum plano qualquer. Passo pelo ponto onde havia planejado escavar a vala experimental, examino-o mais uma vez, teria sido um bom lugar, a vala teria conduzido na direção em que se situa o maior número de pequenas entradas de ar, que teriam facilitado muito meu trabalho, talvez eu não tivesse de cavar até muito longe, não tivesse de cavar até me aproximar da origem do ruído, talvez tivesse bastado ouvir as entradas de ar. Mas nenhuma reflexão é forte o suficiente para me incentivar neste trabalho de escavação. Será que essa escavação vai me trazer certezas? Cheguei a um ponto em que nem quero ter certeza nenhuma. Na praça do castelo, escolho um belo pedaço de carne vermelha esfolada e me enfio com ela num dos montes de terra, lá com certeza haverá silêncio, se é que ainda há algum silêncio de verdade aqui dentro. Lambo e mordisco a carne, pensando alternadamente ora no animal estranho que traça seu caminho à distância e depois de novo que, enquanto ainda tiver a possibilidade, deveria desfrutar ao máximo de minhas provisões. Este último deve ser meu único plano exequível. No mais, tento desvendar o plano do animal. Será que ele está migrando ou trabalhando em sua própria construção? Se ele estiver migrando, talvez fosse possível chegar a um acordo com ele. Se ele qualquer. Passo pelo ponto onde havia planejado escavar a vala experimental, examino-o mais uma vez, teria sido um bom lugar, a vala teria conduzido na direção em que se situa o maior número de pequenas entradas de ar, que teriam facilitado muito meu trabalho, talvez eu não tivesse de cavar até muito longe, não tivesse de cavar até me aproximar da origem do ruído, talvez tivesse bastado ouvir as entradas de ar. Mas nenhuma reflexão é forte o suficiente para me incentivar neste trabalho de escavação. Será que essa escavação vai me trazer certezas? Cheguei a um ponto em que nem quero ter certeza nenhuma. Na praça do castelo, escolho um belo pedaço de carne vermelha esfolada e me enfio com ela num dos montes de terra, lá com certeza haverá silêncio, se é que ainda há algum silêncio de verdade aqui dentro. Lambo e mordisco a carne, pensando alternadamente ora no animal estranho que traça seu caminho à distância e depois de novo que, enquanto ainda tiver a possibilidade, deveria desfrutar ao máximo de minhas provisões. Este último deve ser meu único plano exequível. No mais, tento desvendar o plano do animal. Será que ele está migrando ou trabalhando em sua própria construção? Se ele estiver migrando, talvez fosse possível chegar a um acordo com ele. Se ele realmente conseguir chegar até mim, lhe darei um pouco de minhas provisões e ele seguirá em frente. Sim, ele seguirá em frente. Claro que no meu monte de terra posso sonhar com qualquer coisa, até com o acordo, embora eu saiba muito bem que isso não existe e que, no instante em que nos virmos, só de sentirmos a presença um do outro, igualmente insensatos, nenhum antes e nenhum depois, com uma fome nova e diferente, mesmo que já estejamos totalmente saciados, mostraremos garras e dentes um para o outro. E, como sempre, aqui também com razão, afinal, quem, mesmo que migrando, não mudaria seu plano de viagem e de futuro diante da construção? Mas talvez o animal esteja cavando em sua própria construção, nesse caso não posso nem sequer sonhar com um acordo. Mesmo que esse animal fosse estranho a ponto de sua construção tolerar a vizinhança, minha construção não a tolera, ou ao menos não uma vizinhança audível. Agora, é claro que o animal parece muito distante, se ele só se afastasse mais um pouco, é provável que o ruído também desaparecesse; talvez tudo ainda pudesse ficar bem como nos velhos tempos, seria então uma experiência desagradável mas benéfica, que me estimularia a fazer as mais diversas melhorias; se tiver tranquilidade e o perigo não for iminente, realmente conseguir chegar até mim, lhe darei um pouco de minhas provisões e ele seguirá em frente. Sim, ele seguirá em frente. Claro que no meu monte de terra posso sonhar com qualquer coisa, até com o acordo, embora eu saiba muito bem que isso não existe e que, no instante em que nos virmos, só de sentirmos a presença um do outro, igualmente insensatos, nenhum antes e nenhum depois, com uma fome nova e diferente, mesmo que já estejamos totalmente saciados, mostraremos garras e dentes um para o outro. E, como sempre, aqui também com razão, afinal, quem, mesmo que migrando, não mudaria seu plano de viagem e de futuro diante da construção? Mas talvez o animal esteja cavando em sua própria construção, nesse caso não posso nem sequer sonhar com um acordo. Mesmo que esse animal fosse estranho a ponto de sua construção tolerar a vizinhança, minha construção não a tolera, ou ao menos não uma vizinhança audível. Agora, é claro que o animal parece muito distante, se ele só se afastasse mais um pouco, é provável que o ruído também desaparecesse; talvez tudo ainda pudesse ficar bem como nos velhos tempos, seria então uma experiência desagradável mas benéfica, que me estimularia a fazer as mais diversas melhorias; se tiver tranquilidade e o perigo não for iminente, ainda sou plenamente capaz de qualquer tipo de trabalho duro. Talvez, diante das possibilidades colossais que parece ter com sua força de trabalho, o animal renuncie expandir sua construção na direção da minha e compense isso de um outro lado. É claro que uma coisa dessas não pode ser alcançada por meio de negociações, mas apenas por meio da própria razão do animal ou de uma coerção exercida por mim. Nos dois casos, tudo dependerá de o animal saber de mim, e do que ele sabe. Quanto mais reflito sobre isso, mais improvável me parece que o animal tenha chegado a me ouvir, é possível, ainda que impossível de imaginar, que ele tenha tido outros tipos de notícia a meu respeito, mas não deve ter me ouvido. Enquanto eu nada sabia sobre ele, ele não pode ter me ouvido de todo, pois me mantive em silêncio, não há nada mais silencioso do que o reencontro com a construção, depois, enquanto eu fazia as escavações experimentais, ele poderia ter me ouvido, embora meu modo de escavar faça muito pouco barulho; mas se ele tivesse me ouvido, eu deveria ter notado alguma coisa, ao menos ele teria parado com o trabalho de tempos em tempos para escutar, mas tudo se manteve inalterado, a ainda sou plenamente capaz de qualquer tipo de trabalho duro. Talvez, diante das possibilidades colossais que parece ter com sua força de trabalho, o animal renuncie expandir sua construção na direção da minha e compense isso de um outro lado. É claro que uma coisa dessas não pode ser alcançada por meio de negociações, mas apenas por meio da própria razão do animal ou de uma coerção exercida por mim. Nos dois casos, tudo dependerá de o animal saber de mim, e do que ele sabe. Quanto mais reflito sobre isso, mais improvável me parece que o animal tenha chegado a me ouvir, é possível, ainda que impossível de imaginar, que ele tenha tido outros tipos de notícia a meu respeito, mas não deve ter me ouvido. Enquanto eu nada sabia sobre ele, ele não pode ter me ouvido de todo, pois me mantive em silêncio, não há nada mais silencioso do que o reencontro com a construção, depois, enquanto eu fazia as escavações experimentais, ele poderia ter me ouvido, embora meu modo de escavar faça muito pouco barulho; mas se ele tivesse me ouvido, eu deveria ter notado alguma coisa, ao menos ele teria parado com o trabalho de tempos em tempos para escutar, mas tudo se manteve inalterado, a

XXIII a

Sein Aussehen kann ich mir gar nicht vorstellen und selbst die Art seines Arbeitens ist mir nicht klar, niemals habe ich mich auf die Dauer mit solchen unklaren Vorstellungen abgegeben.

Ich erkläre mir, seitdem ich alle früheren kleinen Erklärungsversuche aufgegeben habe, die im Grunde nur auf Selbsttäuschung und auf Befriedigung eines spielerischen Bedürfnisses gerichtet waren, die Arbeit des Tieres etwa folgendermaßen: Weit von mir bohrt und gräbt es einen unterirdischen ~~Ausschachtung die nur knapp für ihn und seine Arbeitsbewegungen Raum~~ läßt. Wie es aussieht, woher es kommt, was es bisher gemacht hat, weiß ich nicht, ich kann es erst beurteilen von dem Zeitpunkt an, wo ich durch das Geräusch von ihm erfuhr. Weil es aus Sparsamkeit und aus dem Verlangen möglichst schnell vorwärtszukommen, in so kleinem Raume arbeitet, pflanzt sich selbst das kleine Geräusch, das es beim Arbeiten verursacht, sehr weit fort.

Es spricht manches dagegen: ~~das immer und überall gleichbleibende Geräusch, die Allgegenwart des Geräusches~~, daß das Geräusch überall zu hören ist und immer in gleicher Stärke, und regelmäßig bei Tag und Nacht. Gewiß, zunächst müßte man eher dazu neigen, viele kleine Tiere anzunehmen, da ich sie aber bei meinen Grabungen hätte finden müssen und nichts gefunden habe, bleibt mir nur die Annahme der Existenz des großen Tieres, zumal das, was der Annahme zu widersprechen scheint, bloß Dinge sind, welche das Tier nicht unmöglich, sondern nur über alle Vorstellbarkeit hinaus gefährlich machen. Nur deshalb habe ich mich gegen diese Annahme gewehrt. Ich lasse von dieser Selbsttäuschung ab. Schon lange spiele ich mit dem Gedanken, daß es deshalb selbst auf große Entfernung hin zu hören ist, weil es rasend arbeitet, es gräbt sich so schnell durch die Erde, wie ein Spaziergänger im freien Gange geht, die Erde zittert rings in seinem Graben, auch wenn es schon vorüber ist, dieses Nachzittern und das Geräusch der Arbeit selbst vereinigen sich in der großen Entfernung und ich, der ich nur das letzte Verebben des Geräusches höre, höre es überall gleich. Dabei wirkt mit, daß das Tier nicht auf mich zugeht, darum ändert sich das Geräusch nicht, es liegt vielmehr ein Plan vor, dessen Sinn ich nicht durchschaue, ich nehme nur an, daß das Tier, wobei ich gar nicht behaupten will, daß es von mir weiß, mich einkreist, wohl einige Kreise hat es schon um meinen Bau gezogen, seitdem ich es beobachte. Viel zu denken gibt mir die Art des Geräusches, das Zischen oder Pfeifen. Wenn ich in meiner Art an der Erde kratze und scharre, ~~ergibt es doch ein ganz~~ ist es doch ganz anders anzuhören. Ich kann mir das Zischen nur so erklären, daß das Hauptwerkzeug des Tieres nicht seine Krallen sind, mit denen es vielleicht nur nachhilft, sondern seine Schnauze oder sein Rüssel, die allerdings, abgesehen von ihrer offenbaren ungeheuren Kraft, wohl auch irgendwelche Schärfen haben. Wahrscheinlich bohrt

e Möglichkeit habe ~~mich~~ ~~[illegible]~~ ausgiebig ~~[illegible]~~ meinen Vorräten gewissen ~~[illegible]~~ sollte. Dieses letztere ist
ahrscheinlich der einzige ausführbare Plan, den ich habe. Im übrigen ~~träume ich von dem~~ rede ich den Plan des
zu ~~Ein Ausgraben weiß ich mir kaum vorzustellen, wohl aber seine Arbeit. Nur weiß ich nicht~~
auf Wanderschaft ~~ist~~ oder in seinem eigenen Bau arbeitet, ist es auf Wanderschaft
nn wäre vielleicht eine Verständigung mit ihm möglich. Wenn es wirklich bis zu mir
urchbricht, gebe ich ihm einige von meinen Vorräten und es ~~wird weiterziehen~~. Wohl, es wird weiterziehen. In meinem
ndhaufen kann ich natürlich von allem träumen, auch von Verständigung, trotzdem ich
enau weiß, daß es etwas derartiges nicht gibt und daß wir im Augenblick,
a wir einander sehn, ja wenn wir einander nur in der Nähe ahnen ~~und natürlich~~
~~wir miteinander zu verhandeln begonnen haben, oft recht~~ gleich ~~die Krallen gegen-~~
besinnungslos, keiner früher, keiner später, mit einem neuen anderen Hunger, auch
enn wir sonst völlig satt sind, Krallen und Zähne gegeneinander auftun werden. Und wie immer
auch hier mit vollem Recht, denn wer, wenn er auch auf Wanderschaft ist, würde
gesichts des Baus Reise- und Zukunftspläne nicht ändern? Aber vielleicht ~~[illegible]~~
äbt das Tier in seinem eigenen Bau, dann kann ich von einer Verständigung nicht
inmal träumen. Selbst wenn es ein so sonderbares Tier wäre, daß sein Bau eine
achbarschaft vertragen würde, mein Bau verträgt sie nicht, zumindest eine hörbare
achbarschaft verträgt er nicht. Nun scheint das Tier freilich sehr weit entfernt ~~das~~
nn es sich nur noch ein wenig weiter zurückziehen würde, würde wohl auch das Geräusch
rschwinden, vielleicht könnte dann noch alles gut werden wie in den alten Zeiten,
~~it der bösen Erinnerung würde auch die wohltätige~~ es wäre dann nur eine
öse aber wohltätige Erfahrung, sie würde mich zu den verschiedensten Verbesserungen
regen. Wenn ich Ruhe habe und die Gefahr nicht unmittelbar drängt, bin
h noch zu allerlei ansehnlicher Arbeit sehr wohl fähig. Vielleicht verzichtet das
ier angesichts der ungeheueren Möglichkeiten, die sich ihm bei seiner Arbeitskraft zu eröffnen scheinen auf die Ausdehnung seines Baus in der Richtung gegen den meinen und
tschädigt sich auf einer andern Seite dafür. Auch das läßt sich natürlich nicht
rch Verhandlungen erreichen, sondern nur durch den eigenen Verstand des
iers oder durch einen Zwang, der von meiner Seite ausgeübt würde. In beiden Hin-
cht wird entscheidend sein, ob und wie das Tier von mir weiß. Je mehr ich darüber nachdenke,
sto unwahrscheinlicher scheint es mir, daß das Tier mich überhaupt ~~etwas von mir weiß~~ ge-
rt hat, es ist möglich, wenn auch mir unvorstellbar, daß es sonst irgendwelche Nachrichten
ber mich hat, aber gehört hat es mich wohl nicht. ~~[illegible]~~ ~~aber auch~~ nicht
~~ausgegraben angegraben~~ Solange ich nichts von ihm wußte, kann es mich überhaupt
cht gehört haben, denn da verhielt ich mich still, es gibt nichts Stilleres als das
iedersehen mit dem Bau, dann als ich die Versuchsgrabungen machte, hätte es mich
ohl hören können, trotzdem meine Art zu graben sehr wenig Lärm macht; wenn es mich aber
ehört hätte, hätte doch auch ich etwas davon bemerken müssen, es hätte doch wenigstens
der Arbeit öfters innehalten müssen und horchen, aber alles blieb unverändert, das

Nota da tradução

Em 2024, completaram-se cem anos da morte de Kafka e quarenta da primeira publicação de *A construção* no Brasil, na nona edição da revista *Novos Estudos*, do Cebrap. Traduzir Franz Kafka não é, nunca foi e nunca seria tarefa fácil. Retraduzir, depois de Modesto Carone, torna tudo ainda mais complicado – por um lado. De quarenta anos para cá, Carone se firmou como a voz de Kafka no Brasil, e foi com o seu trabalho primoroso de linguagem que mais de uma geração foi introduzida às radicais narrativas do autor. Por outro lado, traduzir Kafka hoje é contar com Carone, conversar com ele, partir dele para arriscar lugares novos. Antoine Berman diz que toda grande tradução é uma retradução. Há muito a se dizer sobre isso; o certo é que toda retradução tem muito a ganhar a partir do diálogo com uma grande tradução. Traduzir pela primeira vez é pisar em solo incerto, retraduzir é saber que há um corredor e traçar novamente os passos, mas em outra direção.

Esta versão traz algumas mudanças em relação à anterior que provavelmente remontam ao processo de edição no Brasil, ou ao processo que atravessou o espólio de Kafka ao longo do século XX. Cada narrativa póstuma tirada de seus escritos chegava ao mundo editada pela mão pesada de Max Brod, seu melhor amigo e testamenteiro. Hoje, temos acesso às versões da Fischer Verlag, baseadas no manuscrito original de Kafka localizado no arquivo do autor na Biblioteca Bodleian da Universidade de Oxford, que oferecem ao leitor o texto de Kafka tal e qual ele o deixou. A partir do manuscrito sabemos, por exemplo, que [*A construção*] é um título dado por Brod. Optamos por mantê-lo assim entre colchetes, como na edição da Fischer, para lembrar que o texto não foi intitulado por seu autor.

Os colchetes do título também são ilustrativos do caráter inacabado do texto que se tem aqui, caráter que não se pretende esconder e, aliás, permeia toda a obra de Kafka; vale lembrar que nenhum dos seus romances – *O desaparecido*, *O processo*, *O castelo* – foi concluído. Se nas edições anteriores o texto termina com um ponto final, como se a frase e o longo monólogo acabassem, no manuscrito que chegou até nós, a frase – a última ao fim de uma folha inteira preenchida – se interrompe pouco após uma vírgula, o que mantivemos nesta edição.

Buscamos preservar os períodos longos de Kafka, sem decupar novas frases em relação ao original, só inserindo um ponto e vírgula quando extremamente necessário, e também respeitar as repetições de léxico do original, essenciais para o ritmo do texto. Assim, mantivemos o efeito inebriante que mimetiza na forma o pensamento paranoico. Esta tradução deve muito à sua editora, Gabriela Naigeborin, que certamente levou o texto a outro patamar, sempre respeitando minhas decisões.

Sofia Mariutti, outubro de 2024

Perspectivismo kafkiano e luto espectral

O buraco "era antes o resquício de uma das muitas tentativas malogradas de construção" [p. 3]. Assim começa uma das últimas novelas de Franz Kafka, escrita em dezembro de 1923. O título não foi dado pelo próprio Kafka, mas por seu editor e amigo Max Brod. A escolha não poderia ser mais feliz, pois *Bau* (construção) remete tanto a *Bauer* (agricultor, camponês, homem da terra) como a *Gebäude* (edifício, prédio ou obra arquitetônica). Na novela, trata-se de uma exasperante maratona de afazeres, obras, trabalhos e construções em torno de túneis, áreas internas e canais dos quais não se tem a medida exata da função ou objetivo.

Kafka havia recebido o diagnóstico de tuberculose em 1917, passara por várias internações e viria a falecer em junho de 1924. É bem possível que seis meses antes, à época da redação deste texto, o confronto com a proximidade da morte fosse iminente. A novela é escrita cinco anos depois do fim da Primeira Guerra Mundial, quando notícias cada vez mais detalhadas da vida nas trincheiras e a situação de falta de sentido causada pela imobilidade criada no front ocidental se tornavam objeto de interesse literário – aliás, trincheira em alemão é *Graben*, termo muitas vezes traduzido como "vala" ou "cova" e recorrente na novela. Além desses dois elementos, um terceiro faz convergir o processo de criação para o estado final da obra: ela foi escrita em apenas uma jornada de trabalho, de um dia para o outro, num ritmo febril. Talvez isso ajude a entender a luta do protagonista, principalmente na primeira parte do texto, entre o cansaço do trabalho e o sono improdutivo.

Mas quem protagoniza essa luta? Ao longo do conto, uma estranha confusão entre o concreto e o fantasmático vai dando indícios da existência espectral do narrador. Uma primeira evidência de que não estamos falando simplesmente de uma toupeira ou de um animal incógnito cavador é que na entrada da construção existe um musgo que faz com que "nada no mundo [...] possa ser tão seguro quanto ela" [p. 3]. Ora, que musgo tem esse poder? De fato, o narrador se vê cercado de inimigos. O inimigo externo que "vai perfurando lenta e silenciosamente em minha direção" [p. 4] poderia ser o próprio leitor, conforme avança na leitura da novela.

Há também os inimigos internos: "criaturas de dentro da terra, nem a lenda consegue descrevê-las" [p. 5], grupo de seres indescritíveis do qual o próprio narrador poderia ser parte. Quando o inimigo externo desce pelo buraco, torna-se "assaltante" ou "vítima saborosa" [p. 5]. Portanto, somos nós, os leitores vivos, que nos identificamos com o inimigo, como que a emitir estranhos sons, talvez do roçar das páginas viradas do livro. Esclarece-se assim, adicionalmente, a abundância da única alimentação mencionada ao longo do texto: a carne.

Há longas digressões em torno da defesa da construção, da construção como um teto para a velhice, da importância de defender a praça do castelo, da distribuição dos víveres entre seus diferentes espaços. Cada uma dessas digressões é pontuada pelo sono e pelo acordar. Não há sonhos, apenas resíduos de que a consciência esteve ausente, mas a realidade não. Este é o caso da única referência especificamente animal presente no texto: "ao despertar, ainda tenho, como prova irrefutável de um trabalho noturno que já parece quase matéria de sonho, uma ratazana, por exemplo, pendurada nos dentes" [p. 11]. Aliás, esse elemento pode ser encontrado em outros trabalhos do autor, como *O veredicto*, de 1913, no qual um filho vai visitar um pai, supostamente moribundo, e começa a receber pequenos conselhos e críticas. O inusitado acontece quando a crítica do pai vai se avolumando, por meio das típicas digressões kafkianas, terminando pelo veredicto de que o filho fez tudo errado e, portanto, está condenado a se matar – o que ele efetivamente faz ao descer do apartamento e jogar-se no rio. Em *O veredicto*, não há espaço nem para o sono, nem para o sonho. De certa maneira é porque não dormiu e não se deixou sonhar que o protagonista se identifica com o mandato paterno de submissão, o que Michael Löwy[1] percebe como estratégia mais geral da escrita de Kafka. Em [*A construção*], o adormecer e o despertar marcam o fluxo dos acontecimentos: "Devo ter dormido por muito tempo, só desperto daquele último sono que se dissolve sozinho, o sono já deve estar muito leve a essa altura, pois um sibilo quase inaudível me desperta" [p. 34].

Depois de construídas, as áreas acabam abandonadas. O trabalho é comparado a uma "bricolagem insignificante" [p. 15]. Finalmente começam a aparecer dúvidas sobre a reconstrução de certas áreas. As mesmas indagações sobre o sentido da vida se aplicam ao continuar insano da construção, ou seja, por toda parte reinam as forças contrárias à construção, mas elas jamais são nomeadas senão de forma indireta e, sobretudo, elas jamais são reunidas sob o manto da destruição.

Encontramos assim o tema do Eu como sítio, arena ou lugar onde três ações se revezam sistematicamente: os atos heroicos de defesa entre mestre e escravo; as digressões de quem olha para a vida como espectador; e as alternâncias entre presença e ausência. Para Jacques Lacan, essa alternância define o registro do simbólico como simultaneidade entre a presença de uma ausência e a ausência de uma presença. As idas e vindas da mãe, sua ausência e seu retorno, são plasmadas por significantes que detêm as mesmas propriedades representativas e performativas do que pretendem significar. O buraco fica assim situado como intervalo entre presença e ausência, cuja combinação produz

---

1 Michael Löwy, *Franz Kafka: sonhador insubmisso*. Lisboa: Azougue Editorial, 2005.

simbolização – presença da ausência, uma vez que o que falta pode ser representado – e subjetivação – ausência de uma presença, já que o sujeito se constitui em torno do que lhe falta. Ora, entre a ida e o retorno, entre o sono e a vigília, entre o sono e sonho está este furo, buraco ou intervalo que define o simbólico. O narcisismo nos consagra a essas três experiências infinitas porque não comporta interrupção, como a própria imagem. Desde que Lacan descreveu o Eu como um conjunto de identificações espaciais, onde imagens assumem valor de realidade simbólica, mas também de juízo e de defesa, o Eu vem sendo descrito como um lugar fechado onde o tempo é infinito e circular.

É pela pressuposição de perseguidores, inimigos e ameaças externas ou, difusamente, do perigo (*Gefahr*), que, no início do conto, o narrador reserva para a construção um único princípio cada vez mais insensato: a segurança. Lentamente o construtor começa a enfrentar a falsa segurança gerada pela construção. O perigo normal, o sono do Eu, a porta real de entrada do inconsciente. É aqui que a imagem da fortaleza vazia e do eu solitário, presente em *O deserto dos tártaros*, de Dino Buzzati,[2] e em *O cavaleiro inexistente*, de Italo Calvino,[3] começa a ressoar. Surge a vontade de se despedir, suspender as observações inúteis, "descer à construção e nunca mais voltar" [p. 22]. Mas como poderia ser a saída? Por baixo? Momento de confronto entre a vida e a construção que termina em decepção: "ninguém vem e sou deixado a minha própria sorte" [p. 25]. A descoberta da solidão é a primeira torção do texto:

---

2 Dino Buzzati, *O deserto dos Tártaros* [1940], trad. Aurora Fornoni Bernardini e Homero Freitas de Andrade. Rio de Janeiro: Nova Fronteira, 1984.

3 Italo Calvino, *O cavaleiro inexistente* [1959], trad. Nilson Moulin. São Paulo: Companhia das Letras, 2005.

> então quero com os dentes cerrados e com toda a força do meu querer que a construção não seja nada além do buraco destinado a salvar minha vida, e que ela cumpra essa função claramente atribuída da forma mais perfeita possível [...]. [p. 28]

Momento de reflexão e reconhecimento da nulidade da defesa enquanto tal. Simultâneo da descoberta de que sua eficácia é a causa da solidão, da distância, da falta do Outro. Uma vez que "meu castelo [...] não pode de modo algum pertencer a mais ninguém" [p. 29], tudo continua "silencioso e vazio" [p. 30]. É aqui que o construtor descobre uma importante propriedade do narcisismo: sua imunidade ao tempo. O inimigo permanece inimigo. O perigo permanece perigoso. O trabalho continua a ser indefinidamente trabalhoso: "tenho um tempo infinito, sempre tenho um tempo infinito dentro da construção, pois tudo o que faço lá dentro é bom e importante e de certa forma me sacia" [p. 33]. Essa é uma tônica em todas as figuras tomadas pelo luto espectral, a começar pela insônia crônica. A queixa e o destino de que o tempo não passa e que ele foi destituído de sua potência de transformação.

É preciso observar que o termo corrente para buraco é também um conceito conexo com a ideia de vazio ou com a noção de abertura. Da mesma forma, Lacan usou a expressão buraco para designar um tipo de negatividade ou de ausência interna. Em sua teoria da sublimação, assim como em sua concepção de luto, Lacan fala na construção de um buraco. Ao fim de sua obra, o buraco ou furo torna-se um conceito definidor do simbólico, sendo entendido como estrutura de hiato, descontinuidade ou intervalo.

Lutos espectrais podem acontecer quando não se dispõe do corpo, quando são negados ritos fúnebres e, no limite, quando recusamos a alguém o direito de memória e existência, necessário para integrar a comunidade humana dos mortos. Não é que sejam sempre seres malditos, indignos ou infames, pois mesmo para esses reservamos um lugar, isolados nos cantos dos cemitérios e nos nomes apagados das lápides. Lutos espectrais são compreensíveis à luz da ideia de que as figuras de negação do espaço, como o buraco e o não lugar, são decisivas para a teoria lacaniana do luto como estratégia genética e modelo de simbolização.

Zumbis, Frankensteins, fantasmas e vampiros são figuras ocidentais do luto espectral. Assim como o luto é a criação reversa de um buraco como lugar, o luto espectral envolve a existência em um não lugar. A literatura de Kafka é pródiga na apresentação desses não lugares, que aparentam ser um local como qualquer outro, uma ilha penal, uma repartição pública, o quarto de uma casa, mas que, ao fim, são subvertidos pelas regras de construção anômalas, despropositadas e fora de sentido a que chamamos não lugar ou lugar espectral. No luto normal o objeto perdido cria um lugar para si: túmulo, sepultura, marca no tempo, mas sobretudo o sentimento de que carregamos os mortos, dentro de nós, em um "lugar psíquico" revestido pela saudade. No luto espectral, ao contrário, o objeto perdido retorna em um movimento repetitivo, automático, como a errância do zumbi, a sedução do vampiro, a busca do criador em Frankenstein ou fantasmas que reaparecem a cada noite, assombrando um mesmo lugar, presos a um castelo ou a um navio. Neste caso, o objeto é sentido como exterior, intrusivo e angustiante, e o tempo entra em suspensão.

É exatamente ao reconhecer o tempo que não passa, ao se dar conta do caráter não transformativo do trabalho, que chegamos à segunda torção da novela: o ruído. Até então tudo se passava apenas pelo faro e pela visão. Nada além disso fazia traço, signo ou presença do outro como signo do Outro. Mas agora as criaturas pouco fiscalizadas perfuram em algum lugar, explorando a ausência do construtor. Agora a tarefa é achar a origem do sibilo, assobio, ruído ou barulho. Seriam essas pequenas diferenças sinal de uma verdadeira diferença simbólica ou elas exprimem o retorno do real? Como se a presença pudesse ser notada pelo som de "um grão de areia que cai de uma parede" [p. 37]. Essa partilha entre os sentidos, da visão e da voz, se apresenta em [*A construção*] pela oposição entre inimigos, alguéns e criaturas imaginárias de um lado e o pequeno ruído persistente, mas real, de outro.

Zumbido que transforma humores, cria sorrisos, ecoa como uma piada. São feitos testes de realidade com relação a esse ruído, mas ele se mantém estranhamente uniforme. De longe ou de perto, ele tem volume constante. Absolutamente não ocorre ao construtor que o som venha de si mesmo. Talvez dos vermes comendo sua carne, como sugeriu nosso personagem homólogo Brás Cubas, de Machado de Assis. Mas ao contrário do inventor do cataplasma contra a melancolia – que sabe, desde a primeira página, que está morto e, como tal, onisciente –, o construtor precisa do ruído como atestado para a existência do Outro, decisivo para estabelecer sua própria condição de vivente:

> Quando eu voltar e a paz tiver sido reinstaurada, melhorarei tudo de uma vez por todas, tudo será feito num instante. Sim, nos contos de fadas tudo acontece num instante e esse conforto faz parte dos contos de fadas. [p. 48]

Roberto Schwarz já havia observado a simetria invertida entre os contos de fadas, nos quais a transformação de pessoas em animais começa mal e termina bem, e as obras de Kafka, em que a animalização começa mal e termina pior.[4] Essa captura do momento transformativo, tão frequente no paciente melancólico, geralmente se prende ao sinal que distingue clinicamente luto e melancolia: o juízo autocrítico. Schwarz descreve a inte-

4 Roberto Schwarz, *A sereia e o desconfiado*. Rio de Janeiro: Paz e Terra, 1965, p. 60.

riorização progressiva de um evento inicialmente exterior, em que a volta não é gradual, mas abrupta, como um discurso vazio, ou seja, uma espécie de pseudotransformação. Em contraste com o discurso circular, fechado e imune à transformação, que poderia ser usado como argumento para caracterizar o construtor como um tipo melancólico, há sim em [*A construção*] uma grande modificação, marcada pela emergência de um ruído e pela queda potencial do delírio. Aqui a sugestão é de que a vida em estrutura errática de trabalho de perfuração contra inimigos é ela mesma estruturada como um delírio. Portanto, o ruído é esse pequeno detalhe que faz o delírio ser percebido como delírio, esse pequeno som do Outro que liberta o sujeito de sua alienação impensada até então.

Se a paranoia traz um percurso tendencial, indefinidamente adiado, pelo qual uma dada transformação está em curso – por exemplo, o presidente Schreber e o drama de sua infinita transformação em mulher –, aqui há uma intuição clara, ainda que incompreendida, de quando e onde se deu a passagem crítica. É a cena do encontro na mata, neste caso definida pela emergência do ruído. Gregor Samsa sabe que se transformou em uma espécie de barata ou besouro, mas seu verdadeiro trauma acontece quando ele tenta se comunicar com sua família e percebe que de sua boca sai apenas a "língua do inseto", ainda que esta se apresente exatamente igual a sua antiga língua humana. O construtor, ao contrário, percebe como barulho, ruído ou som estranho aquilo que pode ser a sua própria voz. Voz que emana de seu corpo. Voz à qual ele acede quando, premido pela solidão, intui a existência do buraco como buraco, ou seja, do buraco como algo que pode cessar de acontecer. O buraco como não necessário lhe permite perceber a falta de sentido do processo infinito de construção. Eis um exemplo da importância desse intervalo entre o ruído da presença e o silêncio da ausência:

> Às vezes me parece que o ruído foi interrompido, já que ele faz longas pausas, às vezes nem se ouve um sibilo como esse, de tanto que o próprio sangue palpita no ouvido, então duas pausas se fundem numa só e por um momento você acredita que o sibilo acabou de vez. [p. 48]

O silêncio se liga assim a um som corporal interno, à palpitação de sangue, que reverbera os batimentos cardíacos. Manter o ruído sempre audível é uma tentativa de controlar o próprio estado de vida. Por outro lado, o silêncio prolongado, que ele afirma buscar, seria a morte, o real, o que nos faz retomar a imagem do "grito silencioso" antes apresentada:

> Foi aí que aconteceu de um dia, durante uma pausa de trabalho – sempre fiz muitas pausas de trabalho –, eu estar deitado entre meus montes de terra e de repente ouvir um ruído ao longe. [p. 57]

Portanto, é quando sua atividade cessa que ele precisa ouvir o ruído. O silêncio total da construção passa a assustá-lo, e lembremos de um dos trechos mais bonitos da novela:

> E se não esse, qual é o sentido das belas horas que costumo passar nos corredores, em parte dormindo tranquilo, em parte alegre e desperto – nestes corredores que são calculados precisamente para mim, para me espreguiçar com conforto, rolar como uma criança, ficar deitado sonhando, adormecer feliz. E as pequenas praças, cada uma delas tão familiar para mim que, apesar de toda semelhança, diferencio nitidamente uma da outra, mesmo de olhos fechados, pela curvatura das paredes, elas me abraçam com calma e calor, como nenhum ninho abraça nenhum pássaro. E tudo, tudo silencioso e vazio. [pp. 29-30]

Pouco depois disso, ocorre o momento da "passagem crítica" em que surge o ruído. Lembrando que esses silêncios e pausas são momentos em que o buraco se torna resquício, resto das tentativas de construção anteriores. Momentos nos quais a memória lhe oferece signos de verdade da estrutura de ficção na qual a estrutura de seu delírio se desenvolve.

Podemos dividir a obra de Kafka entre os textos nos quais é a imanência dos lugares que deforma a perspectiva de vida – por exemplo *O castelo*, *O processo* e *O desaparecido* – e os escritos que introduzem personagens mutantes – como o inseto em *A metamorfose*, o protagonista de *Um artista da fome* e Odradek em "A preocupação de um pai de família", reunido na coletânea *Um médico rural*. Os primeiros não têm um nome e estão privados desse reconhecimento por uma lei, uma figura autocrática ou uma máquina obscena que se impõe como linguagem impenetrável aos personagens, ao passo que os últimos têm nome, como Gregor Samsa e Odradek, mas perderam a condição de linguagem.

Odradek é outra figura na literatura kafkiana que dá corpo à experiência do luto espectral, o qual no fundo é a tragédia de alguém que não pode, propriamente, morrer, e por consequência viola o pacto entre vivos e mortos. Seu corpo é descrito como um ajuntamento de coisas improváveis: carretel, fios, pedaços de linha, como um Frankenstein. Há traços tipicamente esquizoides, no sentido de que apresentam propriedades não orgânicas de um corpo, como uma vareta ou uma estrela de ouro. Ele é dotado de certa funcionalidade, pois é capaz de ficar de pé ou andar, como um zumbi. Sua segunda morte, em geral, depende de uma condição específica, por exemplo, o exorcismo do espírito invasor, o tiro na cabeça do zumbi, a exposição do vampiro ao sol. Numa pequena nota descreve-se a perturbação causada por um ser de indeterminação, sem origem certa nem propósito definido. Odradek sai para passear com seu dono, como um animal de estimação, mas suas propriedades descritivas não são perfeitamente animais. Ele tem um nome próprio, mas este não é uma palavra dotada de sentido rastreável.

> Alguns dizem que a palavra Odradek deriva do eslavo e com base nisso procuram demonstrar a formação dela. Outros por sua vez entendem que deriva do alemão, tendo sido apenas influenciada pelo eslavo. Mas a incerteza das duas interpretações permite concluir, sem dúvida com justiça, que nenhuma delas procede, sobretudo porque não se pode descobrir através de nenhuma um sentido para a palavra. [...] Naturalmente ninguém se ocuparia de estudos como esses se de fato não existisse um ser que se chama Odradek. À primeira vista, ele tem o aspecto de um carretel de linha achatado e em forma de estrela e, com efeito, parece também revestido de fios; de qualquer modo devem ser só pedaços de linha rebentados, velhos, atados uns aos outros, além de emaranhados e de tipo e cor dos mais diversos. Não é, contudo, apenas um carretel, pois do centro da estrela sai uma varetinha, e nela se encaixa depois uma outra, em ângulo reto. Com a ajuda desta última vareta de um lado e de um dos raios da estrela do outro, o conjunto é capaz de permanecer em pé como se estivesse sobre duas pernas. [...] Inutilmente eu me pergunto o que vai acontecer com ele. Será que pode morrer? Tudo o que morre teve antes uma espécie de meta, um tipo de atividade, e nela se desgastou; não é assim com Odradek.[5]

Se Gregor Samsa é um personagem totêmico, meio humano, meio animal, e Odradek é um ser animista, meio coisa, meio animal, o construtor de [*A construção*] é um personagem perspecti-

---

5 Franz Kafka, "A preocupação de um pai de família" (1918), in *O médico rural*, trad. Modesto Carone. São Paulo: Companhia das Letras, 1999, pp. 43-45.

vista: nem humano, nem animal, porque ele assume a perspectiva indecifrável dos Outros que são os inimigos ocultos e a própria construção. Aqui cabe retomar a apropriação freudiana desses conceitos emprestados da antropologia: Freud emprega o totemismo como categoria psicanalítica para descrever a origem da humanidade, definida pelo tabu do incesto, em contraste com a animalidade. Lembremos também que Freud afirma que o narcisismo é animista: na base das fantasias pré-edipianas que o caracterizam está a atribuição da vida e do desejo do Eu a objetos inanimados, inclusive às partes do corpo e aos processos corporais – isso é evidente por exemplo na hipótese de que a fecundação ocorreria por meio da ingestão de um alimento, de modo que o nascimento se daria de modo análogo à expulsão das fezes. A fantasia narcísica-animista mais extensamente tematizada por Freud é a de que todos os seres, humanos, inumanos e animais, são originariamente dotados de falo. Finalmente, é preciso lembrar também que o artigo de 1919 sobre "O infamiliar"[6] vem sendo extensamente caracterizado como um conto perspectivista, em sentido aproximado ao que esse termo adquire na antropologia contemporânea.[7] O fator específico e temático, presente tanto em *O homem da areia*, de Hoffmann,[8] como no

---

6 Sigmund Freud, *O infamiliar [Das Unheimliche]* [1919], trad. Ernani Chaves, Pedro Heliodoro Tavares e Romero Freitas. Belo Horizonte: Autêntica, 2019.

7 Ver, por exemplo, Thais Klein, Fernanda Pacheco Ferreira e Julio Sergio Verztman, "O animista é sempre o outro: o encantamento dos objetos e a experiência analítica". *Ágora: Estudos em Teoria Psicanalítica*, n. 26, 2023; Luiz Alberto de Souza Junior e Juliano Moreira Lagoas, "O *Unheimliche* brasileiro". *Revista Brasileira de Psicanálise*, 2021, v. 55, n. 4; Edson Luiz André de Sousa, "As anarquiteturas utópicas do objeto: breves anotações sobre Raul Antelo". *Boletim de Pesquisa Nelic*, 2018, v. 18, n. 29.

8 E. T. A. Hoffmann, *O homem da areia*, trad. José Feres Sabino e Marcella Marino M. Silva. São Paulo: Ubu Editora, 2023.

personagem de [*A construção*], refere-se à indeterminação entre estar vivo ou estar morto, assim como em *A metamorfose* se trata de ser humano ou animal, e em Odradek de saber se estamos diante de algo vivo ou de uma coisa.

Criatura subterrânea, o narrador de [*A construção*] habita o espaço que reservamos aos mortos, mas dá sinais desesperados de vida quando fareja, por exemplo, um "focinho lascivo" como se ele detivesse o mesmo focinho. Sobre esse narrador poderia se aplicar a incerteza perspectivista de que *ele está morto, mas não sabia*: ele está a meio caminho entre o grito dos quase-animais e o ruído de uma quase-coisa, ainda assim ele escreve para seus leitores. Ao mesmo tempo, esse construtor incerto está permanentemente definindo-se pela perspectiva do inimigo e está continuamente assolado pela indeterminação de seu trabalho. Seu discurso combina o jargão jurídico-administrativo de um funcionário da construção com um modo hipotético de ficção sobre quem seria seu Outro.[9] Ele trabalha incansavelmente em sua tarefa, dando indícios de que ela está sobreinvestida de sentido:

> Claro que o mais natural teria sido presumir a princípio que havia muitos pequenos animais, mas como eu deveria tê-los encontrado nas minhas escavações e não encontrei nada, só resta a hipótese de que exista um animal grande, sobretudo porque aquilo que parece contradizer essa hipótese são pontos que não tornam o animal impossível, mas sim, muito além disso, apenas perigoso para além do imaginável. [p. 53]

Lugares anômalos e personagens mutantes subvertem as coordenadas simbólicas que opõem o familiar ao estrangeiro, o próximo ao distante, o segredo ao revelado, a vida à morte. Também a

---

9 Modesto Carone, "Kafkiano", publicado pela primeira vez como "A lição de Kafka". *Folha de S.Paulo*, Caderno Mais!, 14 set. 1997.

"toupeira" de [*A construção*] soa como um ser espectral, que cava e come "carne" cuja natureza ou origem permanece incógnita. Seriam corpos de outros bichos como ela? Seria uma imagem de seu próprio corpo em decomposição?

Enquanto o herói de *A metamorfose* caminha do humano para o animal, o construtor habita um mundo fronteiriço entre a vida e a morte. Se Gregor Samsa se torna um estranho para os outros, o construtor cria um estranho para si mesmo. A partir disso ele pode finalmente colocar-se as perguntas ontológicas que até então ficavam por conta do leitor: quem sou? o que faço? para onde vou? Duas alienações são superadas pela emergência do Outro. O primeiro se aliena (*Entfremdung*) na forma de um animal cujo trabalho se faz *para* o Outro, o segundo se aliena (*Entäußerung*) pela identificação sem fissuras entre si mesmo e seu trabalho defensivo *contra* o Outro.

Se a especulação totemista leva o construtor à descoberta da solidão, a segunda torção, perspectivista, está na origem no sentimento de vazio. Essas duas torções foram representadas por Lacan a partir da torção entre dois toros, isto é, dois espaços topológicos, um representando o mundo próprio da espécie (*Umwelt*) e o outro o mundo comum (*Innenwelt*).

> É claro que, assim como nossos dois toros, a função do aglomerado social e sua relação com as vias, na medida em que sua anastomose simula algo que existe no nível mais íntimo do organismo, é para nós um objeto prefigurado de interrogação. Esse não é um privilégio nosso, a formiga e o cupim sabem disso, mas o texugo de que Kafka nos fala, em sua toca, não é precisamente um animal sociável.[10]

---

10 Jacques Lacan, *O seminário 9 – A identificação (1961-1962)*. Recife: Centro de Estudos Freudianos do Recife, 2007, p. 182.

Lembrando que cada um dos toros representa um mundo, sua dobra é a região de indeterminação entre Eu e Outro, entre tornar-se um ou tornar-se outro. Como afirma Viveiros de Castro:

> Mas onde [...] o Eu é um caso particular do Outro, esse "animismo" deve necessariamente adotar a forma de um – com o perdão do trocadilho – "inimismo": um animismo alterado pela alteridade, uma alteridade que se torna animada na medida em que é pensada como interioridade inimiga: um Eu que é radicalmente Outro. Daí o perigo, e o brilho, desses mundos.[11]

Como na estranha atração que o mundo dos vivos exerce sobre o mundo dos mortos, o Outro é ao mesmo tempo inimigo a ser devorado e forma de vida que pode desfazer a si-próprio. Depois disso nosso protagonista consegue intuir uma possibilidade inédita: que ele mesmo seja um corpo estranho.

> Talvez eu esteja em uma construção alheia, pensei, e o proprietário venha escavando em minha direção. Se essa hipótese tivesse se confirmado, eu teria me mudado para construir em outra parte, já que nunca tive sede de conquistas nem de ataques. [p. 58]

Doravante a construção está indefesa, seu construtor sente-se envelhecido e não quer ter mais certezas. Surge uma fome nova e diferente de que, um dia, "mostraremos garras e dentes um para o outro" [p. 62]. O animal sabe a seu respeito. Mas se ele o ouviu, esse animal ao menos "teria parado com o trabalho de tempos em tempos para escutar" [p. 63]. Contudo, se o outro animal o ouviu, isso sugere o veredicto perspectivista de que, mortos ou

---

11 Eduardo Viveiros de Castro, "O medo dos outros". *Concinnitas*, v. 23, n. 43, 2022, p. 50.

vivos, ou "*eu mesmo sou também um animal, ou ele mesmo é um humano*" que ainda não se deu conta disso.

Essa indefinição a respeito da natureza do construtor se combina à incompletude da construção. É por isso que aqui, diferentemente de *O processo*, o fato de que o texto se interrompa sem que se saiba o que se constrói ou qual o sentido do estranho ruído que parece acompanhar o narrador é absolutamente congruente com a estrutura do discurso. Para o protagonista, esse inacabamento é uma "tarefa" inconcluída, algo que ele poderia imaginar terminada, se lhe permitíssemos mais tempo. Dessa forma, ele lida com uma espécie de infinito contável, que se poderia enfrentar como "mais do mesmo", com mais perfurações e novos buracos. Mas o que escapa a nosso herói é um segundo sentido de inacabamento, um infinito no interior do qual desconhecemos sua regra de composição. Por isso podemos reclamar para essa novela de Kafka o mesmo estatuto de indeterminação que encontramos nas últimas telas de William Turner. O grande pintor inglês é acometido por uma perturbação da visão de tal forma que não se pode dizer, sobre suas últimas obras, quais foram concluídas e quais aguardavam uma melhor finalização.

O infinito determinado da tarefa por fazer contrasta assim com o infinito indeterminado que levanta a questão sobre o sentido inerentemente interminável da tarefa. A analogia aqui não se dá com a vida ou a morte, mas com a literatura e o discurso. Chegamos assim ao que há de espectral na literatura, onde o autor pode estar morto, mas, enquanto houver leitura, haverá leitores vivos. O leitor vivo garante que a narração, e portanto o narrador, retorne espectralmente à vida. Daí que este conto possa ser considerado o testamento literário de Kafka. Seu bilhete de adeus.

CHRISTIAN INGO LENZ DUNKER é psicanalista e professor titular do Departamento de Psicologia Clínica do Instituto de Psicologia da Universidade de São Paulo (IP-USP).

Sobre o autor

FRANZ KAFKA nasceu em 3 de julho de 1883 em Praga, na região da Boêmia do então Império Austro-Húngaro. Filho de Hermann Kafka e Julie Kafka (nascida Löwy), cresceu em uma família judaica de classe média e cultura alemã. Em 1901, ingressou no curso de química na Universidade Alemã de Praga (atual Universidade Carolina de Praga), transferindo para direito após duas semanas. Nesse período, Kafka também frequentou cursos de literatura alemã. Após formar-se em 1906, fez carreira em companhias de seguros, mantendo em paralelo uma atividade literária pontuada, a partir de 1909, pela publicação de ficções breves em revistas de língua alemã. Embora tenha publicado algumas obras em vida, como *A metamorfose* (1915) e *O veredicto* (1913), a maior parte de suas obras mais famosas, como *O processo* (1925) e *O castelo* (1926), foi publicada postumamente por seu amigo e editor Max Brod, contrariando o desejo de Kafka de que seus manuscritos fossem destruídos após sua morte. Kafka foi diagnosticado com tuberculose em 1917 e passou os anos seguintes buscando tratamentos e afastado da vida pública. Ele faleceu em 3 de junho de 1924, em um sanatório em Kierling, próximo de Viena, aos quarenta anos, devido a complicações da doença.

Sobre a tradutora

SOFIA MARIUTTI nasceu em 18 de fevereiro de 1987, em São Paulo. Concluiu a graduação em letras na Universidade de São Paulo (USP) em 2011, com um ano de intercâmbio na Freie Universität (FU Berlin) em 2010. Em 2022, obteve o mestrado em Língua e Literatura Alemã, também pela USP. Traduziu *Kafka: os anos decisivos* (Todavia, 2022), de Reiner Stach, além de diversos livros para crianças, como *O anjo da guarda do vovô* (Companhia das Letrinhas, 2024), de Jutta Bauer. Publicou os livros de poesia *A orca no avião* (Patuá, 2017) e *Abrir a boca da cobra* (Círculo de Poemas, 2023), além dos ilustrados *Vamos desenhar palavras escritas?* (Companhia das Letrinhas, 2023), em parceria com Yara Kono, e *Tem um gato no frontispício* (Baião, 2024), em parceria com Vitor Rocha. Foi editora na Companhia das Letras de 2012 a 2016, onde trabalhou também no departamento de direitos estrangeiros entre 2008 e 2012. Em 2019, assinou a coluna semanal "Léxico" no jornal *Nexo* e, entre 2023 e 2024, coordenou a coleção Arco de literatura brasileira, da editora Âyiné. Em 2024, passou a atuar como editora-executiva na Tinta-da-China Brasil.

Esta edição comemorativa do centenário da morte de Franz Kafka foi projetada pela designer Elaine Ramos e procura traduzir materialmente a relação do narrador com sua construção. O texto, "entocado" na encadernação em dobra francesa, só pode ser lido por meio da inserção de um anteparo entre uma página e outra, simulando a invasão fantasiada pelo narrador.

As fontes usadas são a Loretta para o texto e uma versão alterada da Swordfish para o título. O miolo foi produzido em papel Flor Post 35 g/m^2, a capa em papel Offset Black 240 g/m^2 e o anteparo em papel Color Plus Marfim 240 g/m^2. Este anexo, por sua vez, utilizou papel Avena 70 g/m^2. A impressão foi feita inteiramente em offset na gráfica Cinelândia, responsável também pelo acabamento.

Título original: *Der Bau* (1931)
Imagens do manuscrito: The Bodleian Libraries, University of Oxford [2024], MS. Kafka 46, fols. 24r & 25v

Edição Gabriela Ripper Naigeborin
Revisão Débora Donadel
Projeto gráfico Elaine Ramos
Tratamento de imagem Carlos Mesquita
Produção gráfica Marina Ambrasas

EQUIPE UBU
Direção Florencia Ferrari
Direção de arte Elaine Ramos; Júlia Paccola e Nikolas Suguiyama (assistentes)
Coordenação Isabela Sanches
Coordenação de produção Livia Campos
Editorial Bibiana Leme e Gabriela Ripper Naigeborin
Comercial Luciana Mazolini e Anna Fournier
Comunicação / Circuito Ubu Maria Chiaretti, Walmir Lacerda e Seham Furlan
Design de comunicação Marco Christini
Gestão Circuito Ubu / site Cinthya Moreira e Vivian T.

Dados Internacionais de Catalogação na Publicação (CIP)
Elaborado por Odilio Hilario Moreira Junior – CRB-8/9949

K11c Kafka, Franz [1883–1924]
[A construção] / Franz Kafka; traduzido por Sofia Mariutti; posfácio de Christian Dunker / Título original: *Der Bau*. São Paulo: Ubu Editora, 2024. 88 pp.
ISBN 978 85 7126 190 7

1. Literatura alemã. I. Mariutti, Sofia. II. Dunker, Christian. III. Título.

2024-3730 CDD 813 CDU 821.112.2

Índices para catálogo sistemático:
1. Literatura alemã 830 2. Literatura alemã 821.112.2

UBU EDITORA
Largo do Arouche 161 sobreloja 2
01219 011 São Paulo SP
ubueditora.com.br
/ubueditora